야간 비행

야간 비행

앙투안 드 생텍쥐페리 지음 | 전경훈 옮김

띠케북스

Antoine de Saint-Exupéry

작가 소개

앙투안 드 생텍쥐페리(1900~1944)는 작가이
자 비행사로, 인간 정신의 고귀함과 책임, 연대
의 가치를 탐구한 20세기 프랑스 문학의 상징적
인물이다. 1900년 6월 프랑스 리옹의 귀족 가문
에서 태어난 그는 어린 시절부터 하늘과 기계에
남다른 애정을 보였다. 군 복무 중 비행기 조종
을 배우며 본격적으로 항공과 인연을 맺었고, 이
후 민간 항공우편 회사의 비행사로 활동하며 사
막과 바다, 혹독한 기상 조건 속에서 장거리 비
행을 수행했다. 이러한 체험은 그에게 문학적 영

감을 주었고, 인간이 위험과 고독 속에서도 맡은 임무와 책임을 지켜나가는 모습을 성찰하는 작품들로 이어졌다.

그는 삶과 문학, 직업을 분리하지 않고 실제 비행사의 경험 속에서 인간 존재의 본질적인 문제를 탐구했다. 항공우편 노선이 개척되던 시대의 긴장과 위험, 그리고 그 속에서 드러나는 인간의 결단과 책임을 그린 《야간 비행》은 이러한 문제의식을 대표적으로 보여주는 작품이다. 이 소설은 밤하늘을 가로지르는 항공우편 비행과 그것을 지휘하는 사람들의 결단을 통해, 개인의 두려움과 공동의 임무 사이에서 인간이 어떻게 선택하고 성장하는지를 묘사한다. 생텍쥐페리는 극한의 상황 속에서도 서로를 신뢰하며 임무를 수행하는 인물들을 통해 인간의 존엄과 연대의 의미를 찾아냈다.

제2차 세계대전이 발발하자 그는 다시 조종석으로 돌아가 정찰 비행 임무에 참여했고, 1944년 지중해 상공에서 비행 중 실종되었다.

일러두기

– 이 책의 맞춤법은 '한글 맞춤법'의 허용 기준을 따르는 것을 원
   칙으로 하였다.

– 모든 주석은 옮긴이 주다.

– 원서에서 대문자로 처리한 부분을 고딕체로 표기하였다.

디디에 도라*에게

* 디디에 도라(1891~1969)는 군인 출신의 비행사였으며, 생텍쥐페리가 근무했었고 《야간 비행》의 배경이 되는 아에로포스탈 항공우편 회사의 운영 책임자였다.

머리말

— 앙드레 지드

다른 교통수단과의 속도 경쟁은 항공 산업에 무척 중요한 일이다. 이 작품에서 감탄할 만한 책임자의 모습을 보여주는 리비에르는 속도 경쟁에 대해 이렇게 설명한다.

"우리에게 야간 비행은 사느냐 죽느냐 하는 문제입니다. 낮 동안에 열차와 선박보다 앞섰던 것을 매일 밤이면 모두 까먹어 버리기 때문입니다."

야간 비행은 처음엔 거센 비판을 받았으나 이후로 차츰 허용되었고, 위태로웠던 초기 시험 비행을 거친 뒤에야 실제 운용되었다. 이 소설의 배경이 되는 시기, 야간 비행은 여전히 매우 위험한 일이었다. 비행 항로에는 예상할 수 없는 변수가 깔려있어 늘 보이지 않는 위험이 있기 마련인데, 야간 비행에는 밤의 불길한 신비까지 더해진다. 여전히 너무 큰 위험이 남아있긴 하지만, 야간 비행을 할 때마다 다음 비행은 더 수월하고 안전해져 날마다 위험이 줄고 있다고 말할 수 있다면 좋겠다. 하지만 미지의 땅을 개척하는 과정에서도 그러하였듯이, 항공 산업의 발전 과정에서도 영웅적인 초창기 시절이 있기 마련이었다. 《야간 비행》은 하늘의 개척자들 가운데 한 사람이 겪은 비극적 모험을 우리 앞에 그려 보여준다. 그러기에 이 작품은 자연스레 영웅 서사시의 어조를 띤다.

나는 생텍쥐페리의 첫 작품도 좋아하지만, 이 작품을 훨씬 더 좋아한다. 《남방우편기》에서는 인상적일 만큼 정확하게 기록된 비행사의 회상에 감상적인 줄거리를 섞어 넣어 우리가 주인공에게 더 가까이 다가갈 수 있었다. 애정에 예민한 주인공을 보면서 우리는 그 역시 인간이며 상처받기 쉽다는 걸 느낀다. 《야간 비행》의 주인공은 인간성을 상실하는 것이 아니라 오히려 초인적인 미덕에까지 이른다. 이 벅찬 이야기에서 무엇보다 내 마음에 와닿는 것은 바로 그의 고결함이다. 우리는 인간의 약함, 포기, 퇴락을 너무 잘 알고 있는데, 오늘날의 문학은 그것들을 드러내는 데만 지나치게 능숙할 따름이다. 하지만 팽팽한 자기 의지로 성취하는 자기초월이야말로 오늘날의 문학이 무엇보다도 우리에게 보여주어야 할 것이다.

내게는 비행사보다 그의 상사인 리비에르가 더욱 놀랍다. 이 인물은 직접 행동하지는 않고 비행사들이 행동하게 한다. 자신의 가치를 비행사들에게 불어넣고, 그들에게 최고를 요구하며, 업적을 이루도록 강제한다. 가차 없는 그의 결정은 나약함을 용인하지 않으며, 아주 작은 실수도 처벌한다. 그의 엄격함이 처음에는 비인간적이고 과도한 것으로 보일 수 있다. 하지만 리비에르는 인간 자체가 아니라 불완전한 결함들을 엄격하게 다루어 단련하려는 것이다. 이러한 리비에르에 대한 묘사에서 인물에 대한 작가의 감탄이 느껴진다. 나는 그가 인간의 행복은 자유에 있지 않고 의무를 받아들이는 데 있다는 이 역설적 진리, 특히 나에게 심리적으로 상당히 중요한 진리를 밝혀준 것에 특별히 감사한다. 이 책의 인물들은 모두 자신이 해야 하는 일에 열정적으로 완전하게 헌신한다. 그들은 그 위험한 과업을 완수했을 때만 행복한 휴식을 얻는다. 독자들은 리비에르가 결코 냉담한 사람이 아니며(실종된 비행사의 부인이 찾아왔을 때 그녀를 맞아들이는 대목은 더 없이 감동적이다), 그의 명령을 실행하는 비행사만큼이나 비행사에게 명령을 내리는 그에게도 결코 적잖은 용기가 필요하다는 것을 감지

할 수 있다.

리비에르는 이렇게 생각한다.

'사랑받으려면 동정하기만 하면 된다. 하지만 나는 동정하지 않고 오히려 감추는 편이지. […] 가끔은 나도 내 힘에 놀랄 정도다.'

또 이렇게 말하기도 한다.

"자네가 명령을 내리는 이들을 사랑하게. 하지만 그들에게 사랑한다고 말하지는 말아야 하네."

리비에르를 지배하는 또 한 가지는 의무감인데 그는

"사랑하는 것보다 더 큰 의무가 있음을 막연하게 느꼈다."

사람은 자기 안에서 목적을 찾을 수 없고, 그를 지배하면서도 그에게서 생명을 얻는, 알 수 없는 무언가에 복종하고 희생한다. 나는 여기서 이 '막연한 감정'을 다시 발견하게 되어 기쁘다. 바로 이 막연한 감정 때문에 나의 프로메테우스는 역설적으로 말한다.

"나는 인간을 사랑하지 않고, 인간을 괴롭히는 것을 사랑한다."

이것이 바로 모든 영웅주의의 원천이다. 리비에르는 이렇게 묻기도 한다.

"인간의 목숨이 무엇보다 소중하다 해도, 우리는 늘 인간의 목숨보다 더 값진 무언가가 있는 것처럼 행동하지 않나요……. 대체 그건 뭘까요?"

그리고 이런 의문도 제기된다.

"어쩌면 더 오래 지속될 다른 무언가가 있을 것이다. 어쩌면 리비에르가 일하는 것은 인간의 이런 부분을 구하기 위해서가 아닐까?"

물론 그러하다.

화학자들이 그 참상을 예견하는 미래의 전쟁에서 남성적 미덕이란 아무 쓸모가 없어질 위험에 처해있다. 그리고 그러한 탓에 이제는 영웅주의 개념이 군대에서조차 멀어지는 경향이 있다. 이런 시대에 가장 감탄스럽고 가장 쓸모 있게 용기가 발휘되는 곳은 항공 분야가 아니겠는가?

용기는 무모함일 수도 있으나, 명령받은 임무를 수행해야 할 때는 그렇지 않다. 끊임없이 목숨의 위협을 느끼며 일하는 비행사는 우리가 보통 '용기'라고 하는 그 관념을 비웃을 권리가 있다. 생텍쥐페리는 이미 오래된 그의 편지를 내가 여기서 인용하도록 허락해 줄 것이다. 이 편지는 그가 카사블랑카-다카르 간 항공편 운행을 안전하게 수행하기 위해 모리타니아 상공을 날고 있었을 때로 거슬러 올라간다.

"언제 돌아갈 수 있을지 알지 못합니다. 벌써 몇 달 전부터 실종된 동료 수색이며, 반란 지역에 추락한 비행기 수리며, 다카르행 우편기 운항까지, 할 일이 쏟아지고 있거든요."

"나는 이제 작은 모험을 성공적으로 끝냈습니다. 비행기 한 대를 구하기 위해 무어인 열한 명과 정비사 한 명과 함께 이틀 밤낮을 보냈습니다. 여러 가지 심각한 위기를 넘겼고, 난생처음 내 머리 위로 총알이 휙휙 날아다니는 소리도 들었습니다. 마침내 나는 이런 상황에서 내가 어떤 존재인지를 알게 되었습니다. 나는 무어인들보다 훨씬 더 평온했으니까요. 그런데 나는 늘 나를 놀라게 하는 것을 이해하게도 되었습니다. 플라톤이(아리스토텔레스인가?) 미덕의 마지막 줄에 용기를 놓아둔 이유 말입니다. 용기는 아주 고상한 감정들로 이루어진 것이 아니라, 약간의 분노, 약간의 허영, 다량의 고집, 그리고 운동할 때 느끼는 저속한 기쁨으로 이루어지니까요. 무엇보다도 신체의 힘을 키우는 것과 용기는 아무 관련이 없습니다. 사람들은 셔츠 앞자락을 풀고서 팔짱을 낀 채 심호흡을 합니다. 차라리 이렇게 하는 게 기분이 더 좋습니다. 밤에 이러고 있으면 엄청난 바보짓을 했다는 느낌이 들지요. 나는 이제 더 이상 용감하기만 한 사람에게는 감탄하지 않는답니다."

나는 이렇게 편지에서 인용한 글에 더하여, 캥

통*의 책에서(그 책 내용에 모두 동의하는 것은 아니지만) 발췌한 금언을 덧붙이려 한다.

"우리는 자신이 사랑에 **빠졌다**는 것을 숨기듯 자신이 용감하다는 것을 숨긴다."

아니면 이게 더 낫겠다.

"정직한 이들이 자신의 자선을 감추듯 용감한 이들은 자신의 행동을 감춘다. 그들은 용감한 행동을 위장하거나 변명한다."

생텍쥐페리가 하는 이야기는 모두 "사정을 잘 알고" 하는 이야기다. 몸소 빈번한 위기에 맞섰던 개인적 경험 때문에 그의 책에서는 누구도 모방할 수 없는 그만의 진실된 향취가 느껴진다. 우리는 상상으로 지어낸 전쟁과 모험 이야기를 이미 수없이 접했다. 그중에는 가끔 작가가 자신의 명민한 재능을 발휘한 경우도 있었다. 하지만 진짜 모험가들이나 참전 군인들이 그 이야기

---

* 르테 조제프 캥통(1866~1925): 프랑스의 생물학자였으며, 선구적인 비행사로서 제1차 세계대전에 참전하여 용맹을 떨쳤다.

들을 읽는다면 웃어버릴 것이다. 이 책에는 내가 탄복하는 문학으로서의 가치는 물론, 기록으로서의 가치도 있다. 이 두 가지 가치가 기막히게 잘 융합돼 있는 덕분에 《야간 비행》은 이례적인 중요성을 띤다.

야간 비행

I

비행기 아래로 언덕들이 금빛 황혼 속에 긴 그
늘을 드리웠다. 들판은 사그라지지 않는 불빛으
로 환해졌다. 이 지방의 들판은 끝없이 금빛으로
빛나며 겨울이 지난 뒤에도 눈에 덮여있다.

대륙의 남단에서부터 부에노스아이레스를 향
해 파타고니아의 우편 수송기를 몰고 가던 비행
사 파비앵은 항구의 바닷물을 보고 저녁이 되어
간다는 것을 알았다. 평온한 구름이 살짝 그려
놓은 그 가벼운 물결에서, 그 고요함에서 저녁이

밀려들고 있음을 알 수 있었다. 그는 거대하고도 행복한 정박지로 들어섰다.

이 고요함 속에서 그는 마치 목동처럼 천천히 거닐고 있노라고 여길 수도 있었을 테다. 파타고니아의 목동들이 전혀 서두르지 않고 이 양떼에서 저 양떼로 옮겨 다니듯, 그는 이 도시에서 저 도시로 옮겨 다녔다. 두 시간마다 강가에 물을 마시러 오거나 들판에서 풀을 뜯는 양떼를 마주치곤 했다.

때로는 바다보다 인적이 드문 초원이 백 킬로미터는 이어진 끝에 버려진 농가를 만나기도 했다. 마치 넘실대는 초원의 파도 속에 뒤처진 채로 인생이라는 짐을 싣고 가는 듯 보여서 비행기의 날개를 움직여 인사를 건네곤 했다.

"산훌리안이 보인다. 십 분 뒤 착륙."

무선사가 연결 중인 모든 무선국으로 무전을 보냈다.

마젤란해협에서 부에노스아이레스까지 이천 오백 킬로미터에 이르는 항로에는 엇비슷한 기항지들이 늘어서 있었다. 이번 기항지는 밤의 경계 너머로 열려있었다. 마치 아프리카에서 마지막으로 복속된 변방의 작은 마을이 신비를 향해 열려있듯이.

무선사가 비행사에게 쪽지를 전했다.

"뇌우가 심해 방전되는 소리밖에 안 들린다. 산훌리안에서 밤을 보내겠는가?"

파비앵은 미소 지었다. 하늘은 수족관처럼 고요했고 그들 앞에 놓인 기항지들은 모두 '대기 맑음, 바람 없음'이라는 신호를 보내고 있었다. 그가 답했다.

"계속 간다."

그러나 무선사는 과일 속에 숨어있는 벌레처럼 어딘가에 뇌우가 도사리고 있다고 생각했다.

밤은 아름다울 테지만 상했을 것이다. 그는 이제 막 썩기 시작하려는 이 어둠 속으로 들어갈 마음이 내키지 않았다.

산훌리안 상공에서 엔진을 저속으로 낮추던 파비앵은 피로를 느꼈다. 사람들의 삶을 안락하게 해주는 모든 것이 그를 향해 다가오며 점점 커지고 있었다. 집, 작은 카페, 산책길의 나무들. 그는 마치 숱한 정복 전쟁 끝에 제국의 영토를 굽어보며 사람들의 소박한 행복을 발견하는 정복자 같았다. 파비앵은 무기를 내려두고, 자신의 무거운 몸과 쑤시는 상처들을 느껴볼 필요가 있었다. 사람은 고난으로도 부유할 수가 있으니, 이곳에서 앞으로 영원히 변치 않을 풍경을 바라보는 순박한 사람이 되고 싶었다. 아주 작은 마을이었지만, 그럼에도 그는 그 마을을 받아들였을 것이다. 사람은 일단 선택하고 나면 우연한 자기 존재에 만족하며, 그것을 사랑할 수도 있다. 그건 마치 사랑이 그러하듯 당신을 한정한다. 파비앵은 여기에서 오래도록 살며, 자기 몫의 영원을 누리길 원했을 것이다. 그에게는 자신이 한 시간 정도 머문 작은 마을들과 그가 가로지른 낡은 담장에 에워싸인 정원들이 자기만 빼고 영원히 계속될 듯이 보였다. 이제 마을은 비행기를 향해 떠오르며 활짝 열렸다. 파비앵은 우정을 생각했다. 다정한 소녀들과 하얀 식탁보의 아늑함을 생각했고, 영원을 향해 천천히 길들어가는 모든 것을 생각했다. 마을은 벌써 날개에 닿을 듯이 지나가며, 이제 담장으로도 감출 수 없게 된 폐쇄된 정원들의 비밀을 펼쳐놓는다. 그러나 비행기가 착륙했을 때 파비앵은 알고 있었다. 돌담 사이로 자신이 본 것은 천천히 움직이는 몇몇 사람들밖에 없다는 것을. 이 마을은 부동 상태로 열정을 비밀로 지켰다. 이 마을은 온화함을 거부했다. 온화함을 얻으려면 행동을 포기해야만 했을 터이다.

　기항한 지 십 분이 지나 파비앵은 다시 출발해

야 했다. 그는 산훌리안을 돌아보았다. 그곳은 이제 그저 한 줌의 빛이었다가, 별이었다가, 먼지로 흩어지며 마지막까지 그를 유혹했다.

"계기판이 더는 보이지 않는다. 불을 켠다."

그가 스위치를 올리자, 조종실의 적색등이 계기판 바늘에 불을 비추었지만 대기의 푸른 빛에 희석되어 제대로 보이지 않았다. 전구 앞에 손가락을 가져다 대보았으나 손가락도 간신히 붉게 비칠 정도였다.

"너무 이르다."

검은 연기처럼 어둠이 피어오르더니 벌써 계곡을 가득 채웠다. 이제 더는 들판과 계곡을 구분할 수 없게 되었다. 하지만 이미 마을들은 불을 밝혔고 서로 호응하며 별자리를 이루었다. 파비앵도 역시 손가락으로 표지등을 깜빡여 마을들에 화답했다. 바다를 향해 등대의 불빛을 밝히듯 드넓은 어둠을 맞아 집들이 제각기 자기 별을 밝히자, 대지에는 밝게 빛나며 호명하는 신호들이 펼쳐졌다. 인간의 삶과 관련된 모든 것이 이미 반짝이고 있었다. 파비앵은 밤의 어둠으로 들어가는 것이 마치 정박지로 들어가듯 느리고 아름답게 이루어져 감탄했다.

그는 조종실에 머리를 처박고 있었다. 라듐을 입힌 계기판 바늘이 빛을 내기 시작했다. 비행사는 수치들을 하나씩 점검하고 나서야 만족했다. 그는 자신이 하늘에 안정적으로 자리 잡고 있음을 확인했다. 양 날개를 가로지르는 강철 들보를 손가락으로 문질러보니 그 금속에 생명이 흐르는 게 느껴졌다. 그 금속은 떨리는 게 아니라 살아있었다. 오백 마력의 엔진이 이 물질 안에 아주 부드러운 기류가 흐르게 하여 그 얼음을 벨벳처럼 부드러운 살결로 바꾸어놓았다. 한 번 더, 비행사는 비행 중에 현기증이나 도취가 아닌 살아있는 육체의 신비로운 작용을 경험했다.

이제 파비앵은 스스로 하나의 세상을 새로 구

성하고서, 그리로 비집고 들어가 편히 자리 잡으려 했다.

그는 배전판을 톡톡 두드려 보고, 스위치들을 하나씩 만져보았다. 몸을 조금 움직여서 더 편하게 등을 대고 앉았다. 그리고 끊임없이 움직이는 밤의 어깨 위에 올라탄 오 톤짜리 금속 덩어리의 균형을 느끼기에 가장 좋은 자세를 취했다. 그런 다음 손을 더듬어 비상 램프를 제자리로 밀어 넣고 그대로 두었다가 다시 만져보고 램프가 미끄러져 빠져나가지 않는다는 걸 확인했다. 이제 비상 램프는 다시 그대로 두고, 레버를 하나씩 두드려 보며 확실하게 연결했다. 그리고 앞이 보이지 않는 상황을 대비해 손가락을 훈련했다. 손가락이 익숙해지자, 불을 켜서 조종실의 정밀한 장비들을 정비하고, 오직 계기판에 의지하여 물에 잠기듯 조심스레 밤의 어둠 속으로 들어갔다. 그러자 일렁이거나 떨리거나 흔들리는 것 전혀 없이 자이로스코프와 고도계와 엔진이 안정되었다. 그는 기지개를 켜고 목덜미를 의자 가죽에 기댄 채 설명할 수 없는 희망을 맛보게 되는 비행에 대해 깊은 명상을 시작했다.

이제 한밤중 불침번처럼 그는 밤이 인간을 보여준다는 사실을 깨닫는다. 이 신호들, 이 불빛들, 이 불안감. 어둠 속에 빛나는 한낱 별 하나, 홀로 떨어져 있는 집 한 채, 별 하나가 스러진다. 스러지는 별은 사랑을 품은 채로 문을 걸어 잠그는 집이다.

혹은 권태를 품은 채로 문을 걸어 잠그는 집이다. 그것은 바깥세상에 더 이상 신호를 보내지 않는 집이다. 등불 앞에서 식탁에 팔꿈치를 기대고 앉은 저 농부들은 자신이 무엇을 바라는지 알지 못한다. 그들은 자신을 가두는 커다란 밤의 어둠 속에서 자신의 욕망이 그토록 멀리까지 나아가는지 알지 못한다. 하지만 파비앵은 깨닫는다. 그가 방금 천 킬로미터를 날아와, 지면에서부터 올라오는 대기의 큰 파도에 살아 숨 쉬는 비행기가 오르락내리락하는 것을 느낄 때, 전쟁터 같은 뇌우 열 개와 그 사이사이에 달빛 비치던 공터를 통과했을 때, 이 불빛들을 정복하는 기분으로 하나씩 지나갈 때 깨닫는 것이다. 이 사람들은 그들의 등불이 소박한 식탁을 위해 빛난다고 믿는다. 하지만 그들에게서 팔십 킬로미터 떨어진 곳에 있는 사람들은 그 불빛의 신호에 벌써 마음이 움직인다. 마치 그들이 바다 건너 무인도에서 희망을 잃은 채로 불빛을 흔들기라도 하는 듯이.

II

파타고니아, 칠레, 파라과이에서 출발한 우편
기 세 대가 제각기 남쪽과 서쪽과 북쪽에서 부에
노스아이레스를 향해 돌아오고 있었다. 부에노
스아이레스에서는 자정 무렵에 유럽행 우편기
를 출발시키려고 이 우편기들이 싣고 오는 우편
물을 기다리고 있었다.

세 비행사는 각기 바지선같이 생긴 무거운 엔
진 덮개 뒤에 앉아, 밤의 어둠 속에서 헤매며 비
행에 골몰하고 있었다. 그리고 뇌우가 일거나 평

화로운 하늘에서 거대한 도시를 향해 천천히 내려올 터였다. 마치 낯선 시골 사람들이 자기들 산에서 내려오듯이.

전체 우편기 항공망을 총괄하는 리비에르가 부에노스아이레스의 착륙장을 이리저리 서성이고 있었다. 그는 침묵을 지키고 있었다. 그 세 대의 비행기가 도착할 때까지는 그날 하루가 그에게는 여전히 불안했기 때문이다. 분 단위로 전보가 오는 가운데, 리비에르는 자신이 운명에서 어떤 것을 떼어내고, 미지의 영역을 줄이고 있으며, 그리하여 밤의 어둠으로부터 승무원들을 건져내 해안으로 이끈다는 것을 의식하고 있었다.

잡역부 한 사람이 리비에르에게 다가와 무선국에서 온 소식을 전했다.

"칠레 우편기가 부에노스아이레스의 불빛이 보인다고 신호를 보내고 있습니다."

"알겠네."

곧 이 비행기의 소리가 리비에르에게 들려올

것이다. 밤은 마치 신비로 가득한 바다가 밀려오고 밀려가며 오랫동안 흔들어댄 보물을 해변에 토해내듯이 이미 비행기 한 대를 토해내고 있었다. 다른 두 대는 한참 뒤에나 바다로부터 돌려받게 될 터였다.

그러면 오늘 하루도 마감이다. 비행을 끝내고 피곤해진 승무원들은 자러 가고, 새로운 승무원들이 교대할 것이다. 하지만 리비에르는 조금도 쉬지 못할 것이다. 유럽행 우편기 때문에 안절부절못하게 될 테니까. 늘 이런 식이다. 매일 똑같다. 이 나이 든 투사는 난생처음 피곤이 느껴져 깜짝 놀랐다. 비행기가 도착하는 것은 전쟁을 끝내고 행복한 평화의 시대를 여는 승리와는 전혀 다르다. 그에게 그저 이제까지 수백 번 내디뎠던 발걸음과 똑같은 한 걸음일 뿐이다. 리비에르에게는 마치 오랫동안 팔을 뻗쳐 몹시 무거운 짐을 들고 있는 것처럼 느껴졌다. 휴식도 희망도 없이 그저 노력할 뿐이다.

"나도 늙는구나⋯⋯."

행동만으로 더 이상 활력을 얻지 못하게 된 사람은 늙는 것이다. 그는 자신이 전혀 제기해 본 적 없는 문제들을 생각하고 있다는 데 놀랐다. 그럼에도 그가 늘 멀리했던 온갖 감미로운 것들의 무리가 우울하게 중얼거리며 그에게로 돌아왔다. 그것은 잃어버린 대양이었다.

"이 모든 게 이토록 가까이 있었던가⋯⋯?"

그는 사람들의 삶을 감미롭게 만들어주는 것을 '시간이 있을 때'라는 말로 노년을 향해 조금씩 밀어두었음을 깨달았다. 정말로 어느 날엔가는 시간이 생길 것처럼, 삶의 끝에 이르면 우리가 상상하는 행복한 평화를 얻게 될 것처럼 말이다. 하지만 평화는 없다. 어쩌면 승리도 없다. 모든 우편기가 최종적으로 도착하는 일도 없다.

리비에르는 나이 든 작업반장 르루 앞에서 멈춰 섰다. 르루 또한 사십 년 동안 일해왔다. 그는 온 힘을 다해 일했다. 밤 열 시나 자정 무렵에야

퇴근해서 귀가했지만, 집은 그에게 제공되는 또다른 세계나 어떤 도피처가 아니었다. 리비에르가 무거운 표정으로 고개를 드는 이 사내에게 미소를 지어 보이자, 그가 푸르스름해 보이는 회전축을 가리켰다.

"이게 너무 뻑뻑해서 제가 손을 좀 봤습니다."

리비에르가 회전축 쪽으로 몸을 기울였다. 리비에르는 다시 자기 일에 몰두했다.

"여기 이 부품들을 더 느슨하게 조절하라고 작업반에 말해두어야겠군."

그는 손가락으로 마모된 흔적을 더듬어 보고, 다시 르루를 쳐다보았다. 주름이 깊은 그의 얼굴을 보자니 우스운 질문 하나가 떠올랐다. 그가 미소 지으며 물었다.

"르루, 살면서 사랑에 빠진 적이 있나?"

"아, 사랑이라면 소장님도 아시겠지만……"

"자네도 나와 마찬가지로군, 시간이 없었을 테지."

"아주 많지는 않았지요······."

리비에르는 그 대답이 씁쓸한 것인가 싶어 목소리에 귀를 기울여 들었지만, 씁쓸한 것은 아니었다. 이 사내는 지나간 자기 삶을 마주하고서, 이제 막 맘에 드는 판자 하나를 다듬고는

"그래, 다 됐군."

이라 말하는 소목장이의 평온한 만족감을 맛보고 있었다.

리비에르도 생각했다.

"그래, 내 인생도 다 됐군."

그는 피로한 탓에 떠오른 서글픈 생각들을 모두 떨쳐내고 격납고로 향했다. 칠레에서 온 비행기가 부르릉 요란한 소리를 내고 있었다.

III

멀리서 들리던 엔진 소리가 점점 가까워졌다. 불이 켜졌다. 적색 항공 표지등이 켜지자 격납고, 무선 전신 철탑, 네모진 착륙장의 모습이 드러났다. 사람들이 축제를 준비하고 있었다.

"저기 온다!"

야간 조명이 비추는 가운데 비행기가 이미 미끄러지듯 들어오고 있었다. 너무 반짝거려서 새 것처럼 보였다. 비행기가 격납고 앞에 완전히 멈춰 서자 정비사들과 인부들이 비행기에서 우편물을 내리려고 서둘렀지만, 비행사 펠르랭은 꼼짝도 하지 않았다.

"아니, 안 내리고 뭘 기다리고 있는 겁니까?"

비행사는 무슨 신비로운 일에 사로잡힌 탓인지 대답조차 하지 않았다. 어쩌면 비행 중에 들리던 소음이 여전히 들리는 건지도 몰랐다. 그는 천천히 고개를 끄덕이더니, 앞으로 몸을 숙여 뭔지 모를 무언가를 조작했다. 그리고 마침내 상사들과 동료들을 돌아보며 그들이 마치 자기 소유라도 되는 양 심각하게 바라보았다. 그들의 수를 세어 보고 크기를 재어보고 무게를 달아보는 듯했다. 그들을 자신에게 주어진 마땅한 상으로 생각하는 것 같았다. 또한 이 축제 분위기의 격납고와 단단한 시멘트 바닥, 그리고 활기찬 이 도시와 이곳의 여자들과 열기까지도. 그는 마치 자기 신하들을 다루듯 커다란 손으로 이 사람들을 붙잡았다. 그들을 만질 수도 있고 그들의 말을 들을 수도 있고 그들에게 욕할 수도 있게 된 것이다. 그는 처음에는 달구경이나 하면서 태평한 채로 삶을 확신하고 있다고 그들을 욕할 생각이었다. 하지만 이내 마음이 너그러워졌다.

"…… 술이나 사세요!"

펠르랭은 이제 비행기에서 내렸다.

이번 비행에 대해 이야기하고 싶었다.

"이번 비행이 어땠는지 아신다면……!"

그는 이렇게 말하는 것만으로 충분하다고 판단하고 비행복을 벗으러 갔다.

침울한 감독관과 말이 없는 리비에르가 함께 자동차를 타고 부에노스아이레스로 이동하자 펠르랭도 서글퍼졌다. 일에서 놓여나 땅에 단단히 서서 시원하게 욕설을 내뱉는 건 좋다. 얼마나 강력한 쾌감인가! 하지만 그런 뒤에 돌이켜보면 알 수 없는 의심이 든다.

태풍 속에서 분투하는 일은, 적어도 실제이고 가차 없는 현실이다. 그러나 그것이 사물의 얼굴, 사물이 홀로 있다고 여겨질 때 드러내는 얼굴은 아니다. 그는 생각했다.

'그건 정말 반란 같다. 잠시 전까지 창백해지던 그 얼굴이 그토록 심하게 변하다니!'

그는 애써 기억해 내려 했다.

평화로이 안데스산맥을 넘고 있었다. 겨울에 내린 눈이 산 위로 아주 평화로이 쌓여있었다. 버려진 성채에 오랜 세월이 쌓여 평화가 깃들 듯, 산맥에도 겨울 눈이 쌓여 평화가 깃들었다. 이백 킬로미터를 가로지르는 동안 사람 하나 볼 수 없었고, 생명의 숨결이나 수고의 흔적도 볼 수 없었다. 고도 육천 미터에서 비행기가 스치듯 지나는 곧추선 산등성이와 깎아지른 듯한 바위 병풍, 그리고 무시무시한 고요만이 있을 뿐.

투풍가토 봉우리 근처에서였다 …….

그는 기억을 떠올렸다. 그래, 바로 그곳에서 기적을 목격했다.

처음에는 아무것도 보이지 않았지만, 그냥 마음이 불편했다. 혼자 있는 줄 알았는데, 혼자가 아니고 누군가 그를 지켜보는 듯했다. 어째서 그런지는 알 수 없었지만, 자신이 분노에 둘러싸여 있다는 게 뒤늦게나마 느껴졌다. 그래, 그렇다면 이 분노는 대체 어디에서 온 걸까?

그는 무슨 근거로 이 분노가 바위에서 스며 나오고, 눈에서 스며 나왔다고 추측했을까? 사실 그에게는 아무 일도 일어나지 않을 듯했고, 어떤 어두운 폭풍도 일고 있지 않았기 때문이다. 하지만 바로 그곳에서, 별로 다르지 않은 한 세계가 또 하나의 세계로부터 나오고 있었다. 펠르랭은 설명할 수 없이 가슴이 죄어오는 것을 느끼며 이 순수한 봉우리와 산등성이, 눈에 덮여 살짝 회색빛이 도는 정상을 바라보았다. 그런데 그것들이 마치 사람처럼 살아 움직이기 시작했다.

싸울 상대가 있는 것도 아닌데 그는 두 손으로 조종간을 꽉 잡았다. 그가 알 수 없는 무언가가 일어나려 하고 있었다. 뛰어오르려는 한 마리 짐승처럼 그의 근육이 팽팽해졌지만, 눈에 들어오는 것은 그저 고요하기만 했다. 그래, 고요하다. 그러나 기묘한 힘으로 가득 차있었다.

모든 것이 날카로워졌다. 이 산등성이들과 꼭대기들, 모든 게 뾰족해졌다. 그것들이 뱃머리처럼 거센 바람을 가르는 것이 느껴졌다. 그리고 거대한 군함들이 전투를 준비하며 대형을 펼치듯이 그의 주위를 돌며 떠있는 듯이 보였다. 이어서 대기 속에 먼지가 퍼졌다. 먼지는 쌓인 눈을 따라 베일처럼 떠다니며 천천히 위로 올라갔다. 그는 물러나야 할 경우를 대비해 빠져나갈 길을 찾으려고 뒤를 돌아보고는 전율했다. 뒤편으로 안데스산맥 전체가 들끓고 있는 듯 보였다.

'난 이제 죽었다.'

앞쪽 산봉우리에서 화산이 폭발하듯 눈이 솟구쳤다. 이어서 조금 더 오른쪽에 있는 봉우리에서도 눈이 솟구쳤다. 그리고 모든 봉우리가 하나씩 차례로 불타올랐다. 마치 눈에 보이지 않는 어떤 이가 횃불을 들고 가며 줄줄이 불을 붙이는

것만 같았다. 그러자 처음엔 대기가 소용돌이치
더니 비행사 주변의 산들이 흔들렸다.

그 격렬한 움직임은 거의 흔적을 남기지 않았
다. 그는 자신을 흔들어놓았던 그 큰 혼란과 동
요를 더 이상 기억할 수 없었다. 다만 그 잿빛 불
꽃 속에서 격렬하게 몸부림친 것만 기억났다.

그는 곰곰이 되돌아보았다.

'태풍은 아무것도 아니다. 목숨은 건질 수 있
다. 하지만 그 전에! 태풍과 마주치는 바로 그 순
간이란!'

그는 천 개의 얼굴 중 하나를 알아볼 수 있다
고 생각했지만, 그 얼굴마저 이미 잊고 말았다.

IV

리비에르는 펠르랭을 바라봤다. 이 사내는 이십 분 뒤면 차에서 내려 피곤하고 갑갑한 상태로 군중에 섞여들 것이다. 아마도 그는 이렇게 생각할 것이다.

'진짜 피곤하네……. 못 해먹을 일이야!'

그리고 자기 아내에게는 이렇게 말하며 속마음을 털어놓을지 모른다.

"안데스산맥 위를 날고 있는 것보다 여기 있는게 더 좋아."

그렇긴 해도 사람들이 아주 강하게 집착하는 모든 일에 그는 거의 초연했다. 그는 그 모든 일의 비참함을 이제 막 깨달았다. 그는 세상의 이면(裏面)에서 몇 시간을 보내고 온 참이었다. 그것도 이 도시의 불빛 속으로 다시 돌아올 수 있을지 없을지도 모르는 채로. 성가시지만 사랑스러운 어린 시절의 여자 친구들, 인간으로서 그가 가진 작은 결점 모두를 다시 찾을 수 있을지도 모르는 채로. 리비에르는 생각했다.

'이 모든 군중 속에는 눈에 띄지는 않지만 비범한 전령들이 있다. 그들 자신도 그러한 사실을 알지 못한다. 남들이 말해주지 않는 한……'

리비에르는 곧잘 감탄하는 사람들에게 신경이 쓰였다. 그들은 모험의 신성한 특성을 이해하지도 못하면서 감탄을 연발하여 의미를 왜곡하고 인간을 작아지게 했다. 하지만 펠르랭은 언젠가 언뜻 보았던 세상의 가치를 누구보다 잘 알고 통속적인 칭찬을 진중하게 경멸하며 거부할 줄

아는 훌륭한 인품을 지녔다. 리비에르 또한

"대체 어떻게 해낸 건가?"

라며 펠르랭을 칭찬했다. 그리고 마치 대장장이가 자기 모루에 대해 말하듯 자신의 일과 비행에 대해 말하는 펠르랭을 좋아했다.

펠르랭은 우선 자신이 퇴각하려다 그만둔 일을 설명했다. 그는 거의 변명하듯 말했다.

"선택의 여지가 없었습니다."

눈이 앞을 가려 아무것도 보이지 않았다. 하지만 거센 기류 덕분에 칠천 미터 상공으로 상승했고, 그래서 살 수 있었다.

"산맥을 넘는 내내 산 정상에 닿을 듯이 날아야 했습니다."

그는 또 눈에 막힌 자이로스코프의 흡기구 위치를 바꿔야만 했던 이야기도 했다.

"거기에 얼음판이 생기는 거죠."

하지만 그런 뒤에는 다른 기류가 불어닥쳐

삼천 미터 높이로 곤두박질쳤고, 그러면서도 어떻게 무엇과도 충돌하지 않았는지 펠르랭 자신도 이해할 수 없었다. 정신이 들었을 땐 이미 들판 위를 날고 있었다.

"맑은 하늘로 들어서고서야 갑작스레 그 사실을 알게 됐습니다."

마지막으로 그는, 바로 그 순간에야 동굴에서 나오는 느낌이 들었노라고 설명했다.

"멘도사에서도 폭풍이 몰아쳤나?"

"아니요. 제가 착륙할 때는 하늘도 맑고 바람도 없었습니다. 하지만 폭풍이 내 뒤에 바싹 붙어서 따라오고 있었죠."

펠르랭은

"그런데 그게 좀 이상했어요."

라는 말로 폭풍을 묘사했다. 그의 말대로 이상한 폭풍이었기 때문이다. 폭풍의 정상은 아주 높이 눈구름 속에 가려졌고, 바닥은 검은 용암처럼 들판을 훑으며 지나갔다. 도시가 하나씩 폭풍 속에

빨려들었다.

"그런 건 처음 봤습니다……."

펠르랭은 어떤 기억에 사로잡혀 말을 잇지 못했다.

리비에르가 감독관을 돌아보았다.

"그건 태평양에서 온 태풍인데, 예보를 너무 늦게 받았지. 이런 태풍은 절대 안데스산맥을 넘지 않는 법이거든."

"태풍이 동쪽으로 계속 진행하리라고는 누구도 예견할 수 없었죠."

감독관은 아무것도 알지 못하면서 동의했다.

감독관은 망설이는 듯하더니 펠르랭을 돌아보았다. 목젖이 움직였지만 입을 열지는 않았다. 그는 생각에 잠겼다가 앞을 똑바로 보며 우울한 품위를 되찾았다.

감독관은 마치 여행 가방처럼 우울을 끌고 다녔다. 막연한 업무로 리비에르에게 호출을 받아

어젯밤 아르헨티나에 도착한 그는 자신의 커다란 손과 감독관으로서의 품위 때문에 난처했다. 그에게는 환상이나 열정에 감탄할 권리가 없었다. 직책상 정확성에 감탄할 뿐이었다. 동료와 함께 술 한 잔 마실 권리도 없고 서로 말을 놓을 권리도 없으며 있을 법하지 않은 우연으로 같은 기항지에서 다른 감독관을 만나 위험을 감수하고 험담할 권리도 없었다.

감독관은 생각했다.

"심판관 역할은 곤란한 일이야."

사실대로 말하자면, 그는 판단하지 않고 그저 고개만 끄덕일 뿐이었다. 아는 것이 없어서, 마주치는 모든 것에 고개를 끄덕였다. 그래서 오히려 다른 사람들이 나쁜 마음을 품지 못하게 했고 설비를 잘 보수하여 유지할 수 있게 했다. 그가 사랑받는 일은 거의 없었다. 감독관이란 직책은 사랑을 누리기 위해서가 아니라 보고서를 작성하기 위해 생겨났으니 말이다. 그는 새로운 방법과 기술적 해결책을 제안하는 것조차 단념했다. 리비에르가 서면으로 했던 당부가 그 계기였다.

"로비노 감독관은 우리에게 시(詩)가 아니라 보고서를 제출해 주길 바랍니다. 로비노 감독관은 기쁜 마음으로 직원들의 열의를 북돋우는 데 자신의 역량을 발휘해 주십시오."

그 뒤로 그는 술 마시는 정비사, 하얗게 밤을 새우는 비행장 책임자, 착륙하다 다시 이륙하는 비행사를 감시하면서 일용할 양식처럼 인간적 약점들을 찾아내는 데 몰두했다.

리비에르는 그에 대해 이렇게 말했다.

"그 사람은 아주 똑똑하지는 않은데, 여러모로 큰 도움이 되지."

리비에르가 세운 한 가지 규칙이 리비에르 자신에겐 곧 인간에 대한 인식이었지만, 로비노에게는 규칙에 대한 인식 말고 다른 것은 존재하지도 않았다.

어느 날 리비에르가 그에게 말했다.

"로비노, 지연 출발에 대해서는 어떤 경우라도 시간 엄수 특별수당을 지급하지 말게."

"불가항력인 경우에도 말입니까? 안개 때문이라도요?"

"안개 때문이라도."

로비노는 부당해진다 해도 개의치 않을 만큼 강한 상사를 모시고 있다는 데 자부심을 느꼈다. 로비노 자신도 모욕적인 권력에서 나름의 위엄을 끌어낼 것이다.

그는 나중에 비행장 책임자들에게 같은 말을 되풀이했다.

"자네는 여섯 시 십오 분에 출발 신호를 보냈으니 특별수당을 받을 수 없네."

"하지만 감독관님, 다섯 시 삼십 분에는 십 미터 앞도 보이지 않았다고요!"

"이건 규칙일세."

"그렇다고 해도, 우리가 안개를 걷어낼 수는 없지 않습니까!"

로비노는 자신의 신비 속으로 몸을 숨겼다. 그 역시 관리자였다. 팽이처럼 움직이는 관리자들 속에서 그만이 사람들을 엄하게 다루어 정시성을 향상하는 법을 이해하고 있었다.

로비노에 대해 리비에르는 곧잘 이렇게 말하곤 했다.

"그는 아무 생각도 하질 않아. 그래서 잘못 생각하는 법도 없지."

비행사 탓에 비행기가 고장 나면 해당 비행사는 무사고 특별수당을 받지 못했다.

로비노가 물었다.

"하지만 숲 위를 날다 고장 난 경우는요?"

"역시 마찬가지네."

로비노는 이 점을 명심했다.

나중에 그는 비행사들에게 아주 열정적으로 이렇게 말하곤 했다.

"안타깝군. 나도 대단히 안타깝게 생각하네만, 다른 데서 고장이 났어야 했어."

"하지만 감독관님, 고장 나는 장소를 선택할 수는 없잖습니까!"

"이건 규칙일세."

리비에르는 생각했다.

'규칙이란 불합리해 보이지만 사람을 훈련시키기도 한다.'

정당해 보이느냐 부당해 보이느냐는 리비에르에게 아무 상관 없었다. 어쩌면 부당이니 정당이니 하는 말 자체가 그에게는 아무 의미도 없을 것이다. 소도시의 소시민들은 매일 저녁 야외 음악당 주변을 맴도는데, 그들에 대한 리비에르의 생각은 이러했다.

'그들에게 정당하냐 부당하냐는 아무 의미도 없지, 그런 건 존재하지도 않으니까.'

그에게 인간이란 빚어져야 하는 밀랍 덩어리일 뿐이었다. 이 재료에 영혼을 부여하고 의지를 창출해야 한다. 그는 사람들을 엄격하게 굴종시키려는 하는 것이 아니라, 자신에게서 자유로이 벗어나게 해야 한다고 생각했다. 이런 식으로 그가 어떤 지연 사고든 모두 처벌하는 것이 부당하긴 했지만, 각 기항지에서 정시 출발 의지를 고취할 수 있었다. 그가 그런 의지를 창출해 낸 것이다. 그는 사람들이 궂은 날씨를 휴식의 기회로 여겨 즐거워하게끔 내버려두지 않고, 오히려 날이 개기를 조급하게 기다리게 만들었다. 말단 잡역부까지도 지연 출발을 슬며시 부끄러워하게 되었다. 그래서 그들은 갑옷 같은 하늘에 작은 틈이라도 생기면 이를 곧바로 이용했다.

"북쪽 뚫림, 출발!"

리비에르 덕분에 만 오천 킬로미터가 넘는 거리 전 구간에서 우편기가 다른 모든 것보다 숭배될 지경이었다.

리비에르는 이따금 이렇게 말하곤 했다.

"저 사람들이 행복한 건 자기가 하는 일을 사랑하기 때문이지. 자기가 하는 일을 사랑하는 건 내가 엄격하기 때문이고."

리비에르가 사람들을 고생시키긴 했겠지만, 강렬한 기쁨을 안겨준 것도 사실이었다. 그는 생각하곤 했다.

'고통과 기쁨을 모두 불러오는 강렬한 삶을 향해 그들을 떠밀어 주어야 한다. 오직 그러한 삶만이 의미가 있다.'

자동차가 도시에 들어서자 리비에르는 회사 사무실로 향했다. 펠르랭과 단둘이 있게 된 로비노는 그를 바라보다가 입을 열어 말을 걸었다.

V

하지만 그날 저녁 로비노는 피곤했다. 정복자 펠르랭을 마주한 그는 자신의 삶이 초라하다는 사실을 깨달았다. 무엇보다도 로비노는 감독관 이라는 직함과 권한이 있음에도, 두 눈은 감기고 두 손은 기름에 절어 시커먼 채로 피로에 찌들어 자동차 한구석에 웅크리고 있는 이 사내보다 자 신이 가치 없다는 사실을 깨달았다. 로비노는 난 생처음 감탄했다. 그는 이 사실을 말할 필요가 있었다. 무엇보다도 친구 관계를 맺을 필요가 있었다. 로비노는 그날의 여정과 문제 때문에 지쳐 있었고, 어쩌면 자신이 좀 우스꽝스럽다고 느꼈을지도 모른다. 그날 저녁 그는 휘발유 재고량을 확인하면서 계산을 제대로 하지 못했는데, 그가 불시에 잘못을 적발하려고 맘먹고 있던 직원이 그 대신 계산을 마무리해 주었다. 하지만 무엇보다도 그는 B4형 오일펌프와 혼동하여 B6형 오일펌프의 조립 상태를 지적하고 말았다. 의뭉스러운 정비공들은 치욕스럽게도 그가 이십 분 동안이나 '변명의 여지가 없는 무지'를 비난하도록 내버려두었으나, 그건 곧 그 자신의 무지였다.

로비노는 호텔의 자기 방도 걱정이었다. 툴루즈에서나 부에노스아이레스에서나, 일을 마친 뒤엔 어김없이 호텔 방으로 돌아왔다. 비밀 때문에 마음이 무거워져 방안에 틀어박혀 있었다. 그는 가방에서 종이 묶음을 꺼내 '보고서'라고 천천히 쓰고는, 몇 줄 끄적여 보다가 모두 찢어버렸다. 그는 회사를 큰 위기에서 구하고 싶었다. 하지만 회사에는 어떤 위기도 없었다. 이제까지 그가 구한 것이라고는 녹슨 프로펠러의 회전축 한개 정도밖에 없었다. 그가 비행장 책임자 앞에서 녹슨 부위를 손가락으로 문지르자, 그 책임자는 오히려 이렇게 응답했다.

"이전 기항지에 말씀하십시오. 이 비행기는 방금 거기서 왔거든요."

로비노는 자신의 역할에 회의가 들었다.

그는 펠르랭과 가까워지려고 말을 걸어보았다.

"저녁을 같이하지 않겠나? 나는 대화가 좀 필요하고, 내가 하는 일이라는 게 때로는 고되기도 해서……"

그러고는 너무 빨리 자신을 낮추지는 않으려고 말을 고쳤다.

"내가 책임져야 할 게 너무 많거든!"

부하 직원들은 사생활에 로비노가 끼어드는 걸 좋아하지 않았다. 그들은 각기 이렇게 생각했다.

'로비노 감독관이 보고서에 쓸 걸 아직도 찾지

못했다면 너무 배가 고파서 나를 잡아먹으려 할 지도 몰라.'

하지만 그날 저녁 로비노는 자신의 비참함만 을 생각했다. 그의 육체는 거북스러운 습진 때문 에 고통을 겪고 있었다. 그것이 그의 유일한 진 짜 비밀이었다. 이 문제에 대해 털어놓고 불평도 하고 싶었다. 교만에서는 위안을 찾을 수 없기에 겸손에서 위안을 찾고자 했다. 그 또한 프랑스 에 애인이 있었고, 프랑스에 돌아가는 날 밤이면 자신의 감독관 일에 대해 이야기하며 그녀의 호 감을 얻고 사랑을 받으려 했으나, 오히려 반감만 살 뿐이었다. 그녀에 대해서도 이야기할 필요가 있었다.

"그럼, 나하고 저녁을 함께 하겠나?"

너그러운 펠르랭은 제안을 수락했다.

VI

리비에르가 들어섰을 때 부에노스아이레스 사무소의 직원들은 반쯤 잠들어 있었다. 외투를 입고 모자를 쓴 그는 언제나 영원한 여행자 같아 보였다. 그는 돌아다녀도 사람들 눈에 잘 띄지 않았다. 키가 작아서 공기도 거의 움직이지 않았고 희끗희끗한 머리칼과 특징 없는 옷차림 때문에 어떤 배경에나 잘 스며들었다. 하지만 그의 열정은 사람들에게 생기를 불어넣었다. 그제야 사무소 직원들은 정신을 차리고 움직이기 시작했으며, 사무소장은 최근 서류들을 바삐 들춰보았다. 타자기들이 타닥타닥 소리를 냈다.

전화 교환수가 교환기에 연결선을 꽂고 두꺼운 일지에 전보를 받아 적었다.

리비에르는 자리에 앉아서 전보를 읽었다.

칠레 우편기의 위기도 지나갔으니 만족스러운 하루의 기록을 다시 읽어보았다. 그날은 모든 일이 순조로웠다. 비행기가 통과한 비행장들에서 차례로 전달한 메시지는 간결한 승리의 소식이었다. 파타고니아 우편기 또한 운항 시간표보다 앞서 빠르게 진격하고 있었다. 비행에 유리한 커다란 공기의 파도가 바람에 밀려들었기 때문이다.

"기상 전보들을 가져오게."

비행장마다 맑은 날씨, 투명한 하늘, 적절한 미풍을 자랑하고 있었다. 금빛 저녁노을이 아메리카 대륙을 물들였다. 리비에르는 만물이 열의를 다해 헌신하는 듯한 상황에 기분이 좋았다.

지금 파타고니아 우편기가 거친 어둠 속 어딘가에서 분투하고 있었지만, 운이 따를 것이다.

리비에르가 전보 장부를 밀어내며 말했다.

"좋군."

그리고 세상의 반을 감시하는 야경꾼으로서 업무 상황을 살펴보러 나갔다.

그는 열린 창문 앞에 멈춰 서서 밤을 이해했다. 밤이 부에노스아이레스를 품고 있었지만, 또한 넓은 성당의 신랑(身廊)*처럼 아메리카를 품고 있었다. 그는 이 장엄한 느낌에 놀라지 않았다. 칠레 산티아고의 하늘은 이곳 하늘과는 무관하지만, 일단 우편기가 칠레 산티아고를 향해 날면 우리는 그 항로의 이 끝에서 저 끝까지 하나의 커다란 둥근 천장 아래 살고 있는 것이다. 지금 무선전신국에서는 수신기로 또 다른 우편기

---

* 성당(교회)의 중앙 회랑.

에서 나오는 목소리를 쫓고 있고, 파타고니아의 어부들이 그 비행기의 불빛을 바라보고 있을 것이다. 비행 중인 어떤 비행기에 대한 불안이 리비에르를 짓누르고 있었을 때, 그 비행기의 요란한 엔진 소리는 여러 수도와 지방 또한 짓누르고 있을 것이다.

거칠 것이 없는 이 밤에 기분이 좋아진 리비에르는 비행기가 위험에 빠져서 구조가 어려워 보이던 어수선한 밤들을 떠올렸다. 부에노스아이레스 무선국에서는 천둥번개 소리에 뒤섞인 신음소리를 추적하고 있었다. 귀청이 터질 것 같은 굉음에 황금 같은 음파는 묻히고 말았다. 밤의 장애물을 향해 쏜 눈먼 화살처럼 던져진 우편기의 단조 가락에는 얼마나 큰 비탄이 있던지!

리비에르는 철야 근무를 하는 감독관이 있어야 할 자리는 사무실이라고 생각했다.

"로비노를 불러오게."

로비노는 비행사 한 명을 자기 친구로 만들려던 참이었다. 그는 호텔에서 자기 가방을 펼쳐 놓았다. 가방에는 감독관들도 다른 사람들과 다를 게 없음을 보여주는 자질구레한 물건들이 들어 있었다. 좋지 않은 안목을 드러내는 셔츠 몇 벌, 세면도구, 수척한 여자의 사진 한 장. 감독관은 그 사진을 벽에 붙였다. 그는 또한 펠르랭에게 자신의 욕구와 애정과 후회를 겸손하게 고백했다. 자신의 보물들을 보잘것없는 순서대로 늘어놓으며 비행사 앞에 자신의 비참함을 펼쳐 보였다. 정신적인 습진. 그는 자신의 감옥을 보여주었다.

그러나 모든 사람에게 그러하듯이 로비노에게도 작은 불빛이 하나 있었다. 그는 가방 깊숙한 곳에서 소중하게 감싼 꾸러미를 꺼냈다. 그는 오랫동안 아무 말도 하지 않고 그 꾸러미를 토닥였다. 그러고는 마침내 손에서 꾸러미를 내려놓으면서 말했다.

"사하라 사막에서 가져온 걸세……."

감독관은 애써 감춰두었던 이야기를 꺼내놓고 얼굴을 붉혔다. 자신의 좌절과 불운한 결혼 생활, 그리고 이 모든 음울한 현실에도 불구하고, 신비로 향한 문을 열어주는 이 거무스름한 작은 조약돌에 위로받았다.

그가 얼굴을 더욱 붉히며 말했다.

"브라질에도 똑같은 돌들이 있지……."

펠르랭은 아틀란티스에 심취한 감독관의 어깨를 토닥였다.

그리고 조심스레 물었다.

"지질학을 좋아하세요?"

"아주 열렬하게 좋아하지."

인생에서 로비노에게 다정했던 것은 돌밖에 없었다.

호출을 받았을 때 로비노는 우울했지만, 다시 의연해졌다.

"가봐야겠군. 리비에르 소장이 중대한 결정을 하느라 내가 필요한가 보군."

로비노가 사무실에 들어섰을 때 리비에르는 그를 까맣게 잊고 있었다. 리비에르는 회사의 항공망이 붉은색으로 표시된 벽걸이 지도 앞에서 생각에 잠겨있었다. 감독관은 그의 지시를 기다렸다. 몇 분이 지나서야 리비에르는 고개도 돌리지 않고 감독관에게 물었다.

"로비노, 이 지도를 어떻게 생각하나?"

그는 이따금 몽상에서 빠져나와 수수께끼 같은 질문을 던지곤 했다.

"소장님, 이 지도는……"

감독관은 사실, 그 지도에 대해 아무 생각이 없었다. 하지만 심각한 표정으로 유럽과 아메리카를 대강 훑어보았다. 그런데 리비에르는 로비노에게 아무 말도 하지 않고 하던 생각을 계속하고 있었다.

'이 항공망의 모습은 아름답지만 가혹하다. 여

러 사람, 특히 젊은이들의 목숨을 앗아갔다. 기성의 권위를 가지고 여기에 당당히 자리 잡고 있지만, 또 얼마나 많은 문제를 일으키는지!'

그럼에도 리비에르에게는 목적이 우선이었다.

여전히 자기 앞의 지도를 똑바로 응시하고 있는 리비에르 옆에 서있던 로비노는 조금씩 가슴을 펴고 자세를 바로 했다. 리비에르에게서는 연민이란 것은 조금도 기대하지 않았다.

한번은 어이없는 지병 때문에 망가진 자기 인생을 털어놓으며 동정을 구해볼까 시도해 보기도 했지만, 리비에르는

"그래서 자네가 잠을 못 잔다면 일을 더 많이 할 수 있겠군."

이라며 농담조로 대꾸할 뿐이었다.

그건 반쪽짜리 농담에 지나지 않았다. 리비에르는 습관처럼 단호하게 말하곤 했다.

"음악가가 불면증 때문에 훌륭한 작품들을 창작할 수 있다면, 그건 정말 훌륭한 불면증이지."

어느 날은 르루를 가리키며 이렇게 말하기도 했다.

"보게, 얼마나 아름다운가, 사랑을 밀어내는 이 못난 모습이야말로……"

르루에게 훌륭한 점이 있다면 그건 모두 그 추한 외모 덕분일 것이다. 외모는 그의 삶을 단순히 일하는 삶으로 한정했다.

"펠르랭하고는 좀 친해졌나?"

"아……!

"그렇다고 자네를 나무라는 게 아닐세."

리비에르가 돌아서더니, 머리를 숙인 채 잰걸음으로 몇 발짝 걸어가며 로비노를 이끌었다. 그의 입술에 서글픈 미소가 어렸다. 로비노는 절대 이해하지 못하는 미소였다.

"그저…… 그저 자네가 상관이라는 거지."

"그렇죠."

로비노가 대답했다.

리비에르는 이처럼 매일 밤, 하늘에서 어떤 전

투가 한 편의 드라마처럼 펼쳐진다고 생각했다. 한 번만 의지가 꺾여도 패배를 초래할 수 있고, 그러면 우리는 날이 밝을 때까지 치열하게 싸워야 할 것이다.

"자네 역할에서 벗어나선 안 되네."

리비에르가 신중하게 말했다.

"어쩌면 자네가 다음 날 밤에 그 비행사에게 위험한 출발을 명령하게 될지도 모르지. 그는 명령을 따라야 할 것이고."

"네……."

"자네가 사람의 목숨을 좌우하는 거나 다름없네. 그것도 자네 자신보다 더 가치 있는 사람들의 목숨을 말이야."

그는 머뭇거리는 듯 보였다.

"중요한 건 바로 이걸세."

리비에르는 여전히 잰걸음으로 걸으면서 몇 초 동안 말을 하지 않았다.

"비행사들이 자네 명령을 따르는 게 자네의 우

정 때문이라면 자네는 그들을 농락하는 거야. 자네에게는 어떠한 희생도 요구할 권리가 없네."

"네, 물론 없지요."

"그리고 비행사들이 자네의 우정 덕분에 어떤 고된 일들을 면할 수 있다고 생각한다면, 이 또한 자네가 그들을 농락하는 거야. 그들은 그저 복종해야 하는 걸세. 거기 좀 앉게."

리비에르는 한 손으로 슬며시 로비노를 책상 쪽으로 밀었다.

"나는 자네를 자네 자리에 두려고 하네, 로비노. 자네가 피곤하다 해도, 자네를 지탱해 주는 것은 이 사람들이 아닐세. 자네가 상관이지. 자네의 나약함은 우스울 뿐이야. 받아쓰게."

"저는……"

"받아쓰게. '감독관 로비노는 비행사 펠르랭에게 이러한 이유로 징계를 내린다.' 어떤 이유든 자네가 찾아보게."

"소장님!"

"내 말을 이해했다면 그대로 하게, 로비노. 자네가 명령을 내리는 이들을 사랑하게. 하지만 그들에게 사랑한다고 말하지는 말아야 하네."

로비노는 다시 열성을 다해, 프로펠러의 중심 부분을 깨끗이 닦아놓으라고 시킬 것이다.

비상 착륙장 한 곳에서 무선전신을 보내왔다.

"비행기가 보인다. 비행기가 신호를 보낸다. 엔진 출력 저하, 착륙하겠다."

틀림없이 삼십 분은 낭비하게 될 것이다. 리비에르는 특급열차가 선로 위에서 멈춰 설 때나 몇 분이 지나도 평원을 벗어나지 못할 때처럼 짜증이 났다. 커다란 괘종시계의 긴 바늘이 이제는 의미 없는 궤적을 그려내고 있었다. 콤파스처럼 벌어진 두 시곗바늘 사이에서도 무수한 사건이 일어날 수 있었다. 리비에르는 기다리는 지루함을 달래려고 밖으로 나갔다. 그에게는 이 밤이 배우 없는 연극 무대처럼 텅 비어 보였다.

"밤 시간을 이렇게 허비하다니!"

그는 창 너머로 별이 가득한 맑게 갠 하늘과 신성한 항공 표지와 탕진해 버린 이 밤의 금빛 달을 원망하듯 바라보았다.

하지만 비행기가 이륙하자 리비에르에게 이 밤은 다시 감동적이고 아름다웠다. 밤은 태중에 생명을 품고 있었다. 리비에르는 그 생명에 주의를 기울였다.

"날씨는 어떤가?"

그가 승무원에게 물었다.

십 초가 지났다.

"매우 좋음."

이어서 통과한 몇몇 도시의 이름이 들려왔다. 리비에르에게는 이번 전투에서 함락한 도시들이었다.

VII

한 시간 뒤, 파타고니아 우편기의 무선사는 누군가가 한쪽 어깨로 받쳐주는 듯 몸이 부드럽게 들어 올려지는 느낌이 들었다. 그는 주변을 살펴보았다. 먹구름에 가려 별빛은 보이지 않았다. 땅 쪽으로 몸을 기울여도 보았다. 풀숲의 반딧불이 같은 마을의 불빛들을 찾았으나 그 검은 풀숲에는 반짝이는 것이라곤 아무것도 없었다.

무선사는 전진과 후퇴를 반복하고 획득한 영토를 다시 내놓아야 하는 힘든 밤을 막연히 예감

하면서 시무룩해졌다. 비행사의 전략을 이해할 수 없었다. 무선사가 보기에는 더 멀리 날아갔다가는 벽에 부딪히듯 두꺼운 어둠에 부딪히고 말 것만 같았다.

이제 무선사는 앞쪽 지평선 가까이에서 희미하게 일렁이는 빛을 보았다. 마치 대장간 화로의 불빛 같았다. 무선사가 파비앵의 어깨를 두드렸으나 그는 미동도 하지 않았다.

저 멀리에서부터 뇌우의 첫 돌풍이 비행기를 공격해 왔다. 부드럽게 들어 올려진 거대한 금속 덩어리가 무선사의 육체를 내리누르다가는 스르르 녹아서 사라지는 듯했다. 그리고 그는 어둠 속에서 몇 초간 홀로 떠있었다. 그래서 두 손으로 비행기의 강철 들보를 단단히 붙잡았다.

이제 조종실의 붉은 전구 이외에는 세상의 아무것도 보이지 않았다. 안전장치도 없이 광부용 작은 전등에만 의지해 어둠의 심연으로 내려가는 느낌이 들어 소름이 끼쳤다. 그는 비행사가 어떤 결정을 내릴지 물어볼 엄두도 내지 못하고, 두 손으로 강철 들보를 꽉 잡은 채 비행사 쪽으로 몸을 숙여 그의 어두운 뒷덜미만 바라보았다.

희미한 불빛에 움직임이 없는 머리와 어깨가 드러났다. 왼쪽으로 살짝 기운 몸통은 거뭇한 덩어리에 지나지 않았고, 번개가 번쩍일 때마다 하얗게 씻긴 듯한 얼굴이 드러났다. 하지만 무선사는 그 얼굴에서 아무것도 보지 못했다. 폭풍에 맞서느라 몰려드는 짜증, 의지, 분노 같은 그 모든 감정, 이 창백한 얼굴과 저 멀리에서 짧게 번쩍이는 불빛 사이에서 본질적으로 오가는 그 모든 것이 그에게는 도저히 간파할 수 없는 것으로 남았다.

그럼에도 그는 미동도 없는 이 그림자 안에 뭉쳐있는 힘을 알 수 있었고, 그 힘을 사랑했다. 바로 그 힘이 뇌우를 향해 그를 몰아갔을 테지만, 그를 엄호해 주고 있기도 했다. 확실히 조종간을 잡은 두 손은 짐승의 목덜미를 짓누르듯 이미 폭풍을 제압하고 있을 테지만, 힘이 잔뜩 들어간 두 어깨는 조금도 움직이지 않았고, 아주 깊은 신중함이 느껴졌다.

무선사는 결국 모든 것이 비행사에게 달려있다고 생각했다. 그리고 이제는 불구덩이를 향해 달리는 말 등에 올라탄 듯, 자기 앞에 있는 이 어두운 형체가 드러내는 물질성과 무게감, 그것이 드러내는 영속성을 음미했다.

왼편에서, 명멸하는 등대 불빛처럼 희미하게 새로운 불빛 하나가 번뜩였다.

무선사가 이를 알리고자 파비앵의 어깨를 두드리려고 몸을 움직이는 순간, 파비앵이 천천히 머리를 돌리더니 몇 초 동안 이 새로운 적을 응시하다가 천천히 본래 자세로 돌아갔다. 그의 어깨는 여전히 움직이지 않았고, 목덜미는 가죽 등받이에 기댄 채였다.

VIII

 리비에르는 불편해진 마음을 좀 걸으면서 달래고자 밖으로 나왔다. 전투를, 그것도 드라마 같은 전투를 위해서만 살고 있는 그는 이상하게도 그 드라마가 흐름이 바뀌어 개인적인 것이 되어간다고 느꼈다. 음악당 주변을 거니는 소도시의 소시민들이 겉으로 보기에는 조용하지만 가끔은 드라마 같은 일들로 무거워진 삶을 살고 있다는 생각이 들었다. 질병, 사랑, 죽음, 그리고 어쩌면…… 그 자신의 고통이 그에게 많은 것을 가르쳐주었다. 그는 생각했다.

"이것이 어떤 창문들을 열어주리라."

밤 열한 시쯤 되어서야 그는 안도의 한숨을 내쉬며 사무실로 향했다. 영화관 입구에 사람들이 모여 있어, 어깨 사이를 비집고 천천히 나아갔다. 눈을 들어 별을 보았다. 좁은 도로 위로 반짝이는 별들이 환한 광고 불빛에 거의 지워져 있었다. 그는 생각했다.

'오늘 밤, 나의 우편기 두 대가 날고 있으니, 나는 하늘 전체를 책임지고 있다. 이 별은 군중 속에서 나를 찾아오는 신호다. 이것이 바로 내가 여기서 조금은 낯설게 보이고, 조금은 외롭게 느껴지는 까닭이다.'

어떤 악절이 떠올랐다. 어제 친구들과 함께 들었던 소나타의 몇 소절이었다. 친구들은 이해하지 못했다.

"이 음악이 지겨운 건 우리나 자네나 마찬가지인데, 자네만 그걸 인정하지 않을 뿐이라고."

"어쩌면 그럴지도······"

그가 대답했다.

오늘 밤처럼 그때도 외롭다고 느꼈지만, 이내 그런 고독의 풍요로움을 깨달았다. 이 음악의 메시지는 감미로운 비밀을 가지고 그에게로 왔다. 그 많은 평범한 사람 중에 오직 그에게만 온 것이다. 별의 신호도 마찬가지였다. 그 많은 사람의 어깨너머로, 그만이 알아들을 수 있는 언어로 그에게 말을 걸었다.

보도 위에서 누군가가 그를 떠밀었다. 그는 또 생각했다.

'화를 내지 않겠다. 나는 군중 속에서 종종걸음을 걷는, 아픈 아이의 아버지와 같다. 이 아버지는 자기 집의 크나큰 침묵을 품고 있다.'

그는 눈을 들어 사람들을 보았다. 그 사람들 사이에서 자신의 이야기나 사랑을 품고 종종걸음치는 사람들을 찾으려다가, 등대지기들의 고립감을 생각했다.

그는 사무소가 조용한 게 마음에 들었다. 사무실을 하나씩 천천히 지나는 동안 들리는 건 그의 발소리뿐이었다. 타자기는 덮개 아래 잠들어 있었다. 가지런히 정리된 서류철 위에 있는 큰 수납장도 닫혀있었다. 경험을 쌓고 일을 하며 보낸 십 년. 문득 재물이 무겁게 쌓여있는 은행의 지하 금고를 방문한 것 같다는 생각이 들었다. 장부 하나하나에 금보다 귀한 것, 곧 살아있는 힘이 축적되어 있다고 여겼다. 마치 은행의 금처럼, 살아있지만 잠들어 있는 힘 말이다.

어디선가 그는 혼자 야근하고 있는 직원을 만나게 될 것이다. 어디에선가 일하고 있는 그 한 사람 덕분에 삶이 계속 이어지고 의지가 계속 이어지며, 툴루즈에서 부에노스아이레스까지, 기항지에서 기항지로 이어지는 연결이 끊김 없이 유지된다.

'그 사람은 자신이 얼마나 위대한 일을 하고 있는지 알지 못한다.'

우편기들이 어디에선가 분투하고 있었다. 야간 비행은 밤새 지켜보아야 하는 질병처럼 계속되고 있었다. 가슴과 가슴을 맞대고 손과 무릎으로 어둠에 맞서는 이 사람들을 도와야 한다. 그들은 눈에 보이지 않지만 무언가가 움직이고 있다는 것밖에 알지 못하며, 바다에서 빠져나오듯 두 팔을 마구 휘젓는 힘으로 거기에서 벗어나야 한다. 가끔은

"내 손을 보려고 불을 비춰보았는데……"

같은 끔찍한 고백들을 듣게 된다. 붉은 현상액에서 홀로 드러나는, 두 손의 벨벳 같은 부드러움. 그것이 이 세상에 남은 것이고 우리가 구해야만 하는 것이다.

리비에르는 관리 사무실의 문을 열고 들어갔다. 유일하게 켜져있는 전등 불빛이 한쪽 구석에 밝은 구역을 만들어놓았다. 타자기에서 나는 타닥타닥 소리가 이 침묵에 의미를 부여하고 있었으나 다 채우지는 못했다. 이따금 전화벨이 울렸

고, 그러면 집요하고 구슬프게 반복되는 그 호출을 향해 당직 직원이 걸어가곤 했다. 그가 수화기를 들면 보이지 않는 불안이 잦아들었다. 어두운 사무실 한구석에서 아주 부드러운 대화가 오갔다. 그런 다음 그는 태연하게 자기 자리로 돌아왔다. 얼굴은 고독과 졸음으로 굳어있었고 풀 수 없는 비밀이 깃들어 있었다. 우편기 두 대가 비행 중일 때 야간에 외부에서 걸려오는 전화는 얼마나 큰 위협이 되는가? 리비에르는 저녁 등불 아래 가족들에게 도착하는 전보에 대해 생각하고, 거의 영원과도 같은 몇 초 동안에 아버지의 얼굴에 비밀로 머물러 있는 불행에 대해 생각했다. 질러대는 외침과는 거리가 먼, 너무도 고요한, 기운 없는 파동. 매번, 그는 은밀하게 울리는 이 전화벨 소리에서 희미한 메아리를 들었다. 그리고 매번, 마치 수면 아래 물속에서 헤엄치는 듯 고독해서 느려지고, 잠수했다가 다시 올라오는 듯 어둠에서 등불로 되돌아오는 그 당직 직원의 움직임이 리비에르에게는 비밀로 가득 차서 무거워 보였다.

"그냥 있게. 내가 가서 받지."

리비에르가 수화기를 들자 세상의 소음이 밀려들었다.

"여기는 리비에르."

약한 잡음 뒤에 어떤 목소리가 들렸다.

"무선국을 연결하겠습니다."

다시 잡음이 들리고, 전화교환기에 연결선을 꽂는 소리에 이어 다른 사람의 목소리가 들려왔다.

"무선국입니다. 전보를 보내겠습니다."

리비에르는 전보를 받아 적으면서 고개를 끄덕였다.

"좋아…… 좋아……"

중요한 내용은 전혀 없었다. 정기적으로 보내오는 메시지였다. 리우데자이네이루에서 정보를 요청했고, 몬테비데오에서는 날씨에 대해, 멘도사에서는 설비에 대해 보고했다. 집안일처럼 익숙한 소식들이었다.

"그런데 우편기들은?"

"뇌우가 진행 중이라, 비행기들에서는 아무 소식이 없습니다."

"그렇군."

리비에르는 이곳의 밤하늘이 맑고 별들이 빛나는데 무선사들은 저 멀리서 뇌우의 숨결을 느끼고 있겠구나 라고 생각했다.

"곧 다시 연락하겠습니다."

리비에르가 일어서자 당직 직원이 다가왔다.

"업무 보고서 결재를 부탁드립니다, 소장님."

"알았네."

리비에르는 밤의 무게를 함께 짊어진 이 사람에게 커다란 우정을 느꼈다. 그리고 생각했다.

'우린 전우다. 이런 철야 근무가 우리를 얼마나 단결시키는지 이 사람은 전혀 모를 게다.'

IX

　손에 서류철을 들고 집무실로 돌아왔을 때, 리비에르는 몇 주 전부터 그를 괴롭히던 오른쪽 옆구리의 격렬한 통증을 다시 느꼈다.

　"심상치 않다……."

　그는 잠시 벽에 몸을 기댔다.

　"어이가 없군."

　그러고는 가까스로 소파에 앉았다.

　그는 다시 한번 늙은 사자처럼 결박당한 느낌이 들었고 커다란 슬픔이 밀려왔다.

'그렇게 열심히 일했는데 그 결과가 이거란 말인가! 이제 쉰 살이야. 지난 오십 년 동안 열심히 단련하고 분투하며 충실하게 살았고, 사건의 흐름을 바꾸어놓았는데. 그런데 이제 이런 통증이 나를 차지하고 나를 가득 채우고 세상만사보다 더 중요해지다니…… 어이가 없다.'

리비에르는 땀을 닦고 잠시 기다렸다. 조금 나아지는 것 같아지자 일을 시작했다.

그는 천천히 보고서를 검토했다.

"부에노스아이레스에서 301엔진을 분해하는 과정 중에 ……를 확인했습니다. 책임자를 징계하겠습니다."

그는 서명했다.

"플로리아노폴리스 기항지는 지시사항을 지키지 않았으므로……"

그는 서명했다.

"징계 조치에 따라 비행장 책임자 리샤르를 경질하기로……"

그는 서명했다.

옆구리 통증은 좀 누그러졌지만 여전히 그의 몸 안에 있으면서 삶에 새로 생긴 감각처럼 생경해서 그는 자기 자신에 대해 생각하지 않을 수 없었다. 그는 거의 씁쓸함을 느꼈다.

'나는 정당한가, 부당한가? 나는 모른다. 내가 엄격하게 굴면 사고는 줄어든다. 개인에게 책임이 있는 것이 아니다. 그건 마치 모든 사람에게 적용되지 않으면 전혀 적용되지 못하는 모호한 힘과 같다. 내가 아주 정당하기만 하다면, 야간 비행은 매번 죽음의 기회가 될 것이다.'

그는 이 길을 따라 너무 힘들게 달려온 탓에 상당히 피곤했다. 문득 연민이란 좋은 것이란 생각이 들었다. 몽상에 잠긴 채로 그는 여전히 보고서를 뒤적였다.

"……로블레는 금일부로 우리 직원이 아님."

리비에르는 이 늙은 호인과 그날 저녁에 나눈 대화를 떠올려보았다.

"본보기일세. 어쩔 수 없지 않은가. 본보기일 뿐이라고."

"하지만 소장님…… 소장님…… 한 번만, 딱 한 번만 다시 생각해 주십시오! 저는 평생 일해 왔습니다!"

"본보기가 필요하단 말이네."

"하지만 소장님……! 이걸 좀 보세요, 소장님!"

낡은 지갑과 오래된 사진. 신문에서 오려낸 그 사진 속에는 젊은 로블레가 비행기 곁에서 포즈를 취하고 있다.

리비에르는 그 순수했던 영광의 흔적 위에서 늙은 두 손이 떨고 있는 것을 보았다.

"소장님, 1910년도 사진입니다……. 여기서 아르헨티나 최초의 비행기를 조립한 사람이 바로 접니다! 1910년부터 비행기를 만졌으니…… 소장님, 이십 년이나 됐습니다! 그런데 어떻게 그리 말씀하실 수가…… 소장님, 젊은 직원들이 작업장에서 얼마나 비웃겠습니까……! 아! 실컷 비웃겠지요!"

"그런 건 나한테 아무 상관없네."

"제 아이들은요, 소장님, 저한텐 자식들이 있답니다!"

"그래서 내가 자네한테 말하지 않는가. 잡역부 자리를 주겠다고 말이야."

"제 체면은요, 소장님, 제 체면은! 보세요, 소장님, 비행기를 만진 지가 자그마치 이십 년입니다, 저같이 늙은 노동자가……"

"잡역부 일을 하게."

"못 합니다. 소장님, 저는 못 합니다!"

그 늙은 두 손이 떨리고 있었다. 리비에르는 주름지고, 두껍고, 아름다운 그 살갗에서 눈을 돌렸다.

"잡역부 일을 하게."

"못 합니다, 소장님, 못 해요……. 다시 한번 말씀드립니다만……"

"이제 그만 가보게."

리비에르는 생각했다.

'내가 이토록 심하게 굴면서 해고한 것은 이 사람이 아니라, 발생한 문제다. 어쩌면 그에겐 책임이 없겠지만, 어쨌든 사고가 발생한 건 그를 통해서다.'

'왜냐면 우리가 사건을 지배하기 때문이다.'

리비에르는 생각했다.

'사건은 우리에게 복종하고 우리는 사건을 만들어낸다. 사람은 보잘것없는 존재이고, 사람들도 우리가 만들어낸다. 혹은, 사람을 통해 화(禍)가 닥칠 때 우리는 사람을 배제한다.'

"다시 한번 말씀드리고 싶습니다만……"

이 불쌍한 노인은 무슨 말을 하려던 걸까! 우리가 그의 오래된 즐거움을 송두리째 뽑아버렸다고? 자기는 비행기 철판에서 나던 연장들의 소리를 좋아했노라고? 우리가 그의 삶에서 위대한 시를 빼앗아 갔다고……? 그런데도 살아야 한다고?

'너무 피곤하군.'

리비에르는 생각했다. 열이 오르고 몸이 노곤했다. 그는 서류를 톡톡 치며 생각했다.

'이 늙은 동료의 얼굴을 정말 좋아했는데……'

리비에르는 그의 두 손을 다시 떠올렸다. 두 손을 맞잡으려 더듬던 그 힘없는 움직임을 생각했다. 지금이라도

"괜찮네. 괜찮아, 그냥 그대로 남아있게."

라고 말하면 그것으로 충분할 것이다. 리비에르는 그 늙은 두 손에 흘러내릴 기쁨의 물결을 상상했다. 그리고 얼굴이 아니라 노동자의 늙은 손이 말할 것 같은, 말하려고 했던 이 기쁨이 그에게는 세상에서 가장 아름다운 것인 듯했다.

'이 문서를 찢어버릴까?'

그러면 그 나이 든 노동자는 저녁에 가족들에게 돌아가 대수롭지 않은 일인 듯 슬며시 자랑할 것이다.

"그럼, 계속 일하는 거예요?"

"그렇고말고! 아르헨티나 최초의 비행기를 조립한 사람이 바로 나라니까!"

젊은 직원들도 더 이상 비웃지 않을 테고, 그 늙은 노동자도 고참의 권위를 되찾을 것이다.

'찢어버릴까?'

전화벨이 울려 리비에르가 수화기를 들었다.

한동안 지속되는 침묵, 그리고 바람과 공간이 인간의 목소리에 실어 보내는 깊은 울림. 마침내 통화가 시작되었다.

"이륙장입니다. 누구십니까?"

"리비에르 소장이다."

"소장님, 650기가 활주로에 대기 중입니다."

"좋아."

"이제 준비가 완료됐습니다. 마지막에 접속 부분에 결함이 있어서 전기회로를 수리해야 했습니다."

"좋아. 누가 회로를 설치했나?"

"확인해 보겠습니다. 소장님께서 허락하시면

징계 처분하겠습니다. 계기판 표지등 고장은 중대한 결함입니다!"

"물론일세."

리비에르는 생각했다.

'어디서든 문제가 생겼을 때 문제를 제거하지 않으면 표지등 고장 같은 일이 일어난다. 우연이라도 문제의 매개자를 발견했을 때 제거하지 않으면 그건 범죄다. 그러니 로블레는 일을 그만두어야 한다.'

아무것도 보지 못한 당직 직원이 여전히 타자를 치고 있다.

"뭔가?"

"보름치 회계입니다."

"왜 아직도인가?"

"제가……"

"나중에 보지."

'어떻게 사건이 주도권을 쥐는지, 커다란 어둠의 힘이 드러나는지를 보면 신기하다. 그 힘은

원시림을 키우고 늘리고 강제하며, 위대한 과업 주위 여기저기서 솟아나는 바로 그 힘이다.'

리비에르는 작은 넝쿨들이 무너뜨린 사원들을 생각했다.

'위대한 과업이라······'

리비에르는 스스로 안심하고자 다시 한번 생각했다.

'나는 이 모든 사람을 사랑한다. 내가 맞서 싸우는 건 그들이 아니다. 그들을 통해 일어나는 문제와 싸울 뿐······'

그의 심장이 갑자기 빠르게 뛰었고, 통증이 느껴졌다.

'내가 한 일이 옳은지 모르겠다. 인생의 정확한 가치도 모르겠고, 정의나 비애도 알지 못하겠다. 한 사람의 즐거움이라는 게 정확히 얼마나 가치가 있는지도 모르겠다. 떨리는 손도, 연민도, 온정도······'

그는 상상했다.

'삶은 너무나 모순적이다. 우리는 할 수 있는 만큼 삶과 화해하며 살아간다…… 하지만 계속 살아가야 하고, 만들어내야 하며, 죽어 없어질 육신을 무언가와 바꾸어야 한다…….'

리비에르는 곰곰이 생각하다가 벨을 울렸다.

"유럽행 우편기 비행사에게 전화해서 출발하기 전에 나를 보러 오라고 해."

그는 생각했다.

'이 우편기가 소득 없이 되돌아와서는 안 되지. 내가 직원들을 다그치지 않으면, 밤이 항상 그들을 괴롭힐 테니.'

X

전화벨 소리에 잠이 깬 비행사의 아내는 남편을 바라보다 생각했다.

'좀 더 자게 둬야겠다.'

남편의 매끈한 유선형 가슴에 감탄하며 아내는 멋진 배 한 척을 떠올렸다.

남편은 마치 항구에 정박한 배처럼 평온한 침대에서 쉬는 중이었다. 남편의 수면을 방해하는 것이 없게끔 아내는 손가락으로 주름과 그늘과 구김을 없애고, 신의 손가락으로 바다를 잔잔하게 하듯 침대를 편안하게 정돈했다.

아내는 일어나서 창문을 열고 얼굴에 바람을 맞았다. 이 방에서는 부에노스아이레스가 내려다보였다. 이웃집에서는 사람들이 춤을 추고 있었고, 노랫가락이 흘러나와 바람결에 실려 왔다. 오락과 휴식의 시간이었으니까. 이 도시에서는 사람들이 십만 개의 성채에 모여 살고 있었다. 모든 게 평온하고 안전했다. 하지만 이 비행사의 아내에게는 사람들이 곧

'전투 개시!'

라고 소리치고 오직 한 사람, 그녀의 남편만이 떨쳐 일어설 듯 보였다. 남편은 아직 쉬고 있지만, 그의 휴식은 곧 내어줄 예비군의 두려운 휴식이었다. 잠들어 있는 이 도시는 남편을 지켜주지 못했다. 남편이 젊은 신(神)처럼 먼지가 되어 버린 그 잔해 위로 일어설 때면 그에게 이 도시의 불빛들은 허망해 보일 것이다. 아내는 남편의 단단한 두 팔을 바라보았다. 한 시간 뒤면 남

편은 이 두 팔로 유럽행 우편기의 운명을 짊어지고, 한 도시의 운명처럼 위대한 무언가를 책임질 것이다. 아내는 심란했다. 수백만의 남자들 가운데 이 남자만이 무시무시한 희생을 위해 홀로 준비되어 있었다. 그 때문에 우울했다. 남편은 아내의 다정한 품에서 빠져나갔다. 아내는 남편을 먹이고 밤새 보살피고 쓰다듬었다. 그녀 자신을 위해서가 아니라, 곧 남편을 데려갈 이 밤을 위해서. 그녀는 전혀 알지 못하는 싸움과 불안과 승리를 위해서. 남편의 부드러운 손길은 길들여진 것일 뿐, 그의 두 손이 진짜 하는 일을 아내는 알지 못했다. 아내는 이 남자가 짓는 미소와 연인으로서 보이는 세심한 배려는 알았지만, 뇌우 속에서 그가 느끼는 신성한 분노는 알지 못했다. 아내는 음악과 사랑과 꽃 같은 부드러운 끈으로 남편을 묶어두지만, 그가 떠날 때면 매번 그 끈은 끊어지고 그는 이를 별로 마음 아파하지도 않는 듯했다.

남편이 눈을 떴다.

"몇 시지?"

"자정이야."

"날씨는 어때?"

"모르겠는데……"

남편이 일어나 기지개를 켜면서 천천히 창가로 걸어갔다.

"아주 춥지는 않은 것 같은데. 풍향은 어떻게 되지?"

"내가 어떻게 알아……"

남편은 창밖으로 몸을 내밀었다.

"남풍이야. 아주 좋아. 적어도 브라질까지는 괜찮겠어."

남편은 달을 보고 자신이 부자라는 걸 알았다. 그리고 그의 두 눈은 도시를 내려다보았다.

그는 이 도시가 아늑하지도 않고 환하지도 않고 따뜻하지도 않다고 판단했다. 그에게는 이미 도시의 불빛들이 허망한 모래가 되어 흘러가는 것이 보였다.

"무슨 생각 하고 있어?"

남편은 포르투알레그레 해변에 안개가 끼었을 수도 있다는 생각을 하고 있었다.

"나는 전략이 있어. 어디서 우회해야 할지 알고 있거든."

남편은 여전히 창밖으로 몸을 내밀고 있었다. 옷을 벗고 바다에 뛰어들기 직전처럼 숨을 몰아쉬었다.

"당신은 조금도 슬프지 않구나…… 이번에는 며칠이나 나가있는 거야?"

여드레, 열흘. 그는 알지 못했다. 슬프냐고? 전혀. 왜 슬퍼해야 하지? 이 평야와 이 도시와 이 산들……. 아내가 보기에 그는 이것들을 정복하러 자유로이 떠나는 것 같았다. 또한 한 시간 안에 부에노스아이레스를 차지했다가 다시 내놓으리라고도 생각했다.

남편이 슬며시 웃었다.

"이 도시에서…… 나는 아주 빨리 멀어지겠지. 밤에 떠나는 건 멋진 일이야. 남쪽을 보고 추진 레버를 잡아당기면 십 초 뒤에는 풍경이 완전히 바뀌면서 북쪽을 향해 날아가지. 도시는 이제 바닷속 같을 뿐이야."

아내는 정복하기 위해 버려야 하는 것들을 생각했다.

"당신은 집이 싫어?"

"나는 집이 좋은데……"

하지만 아내는 남편이 이미 비행 중이라는 걸 알고 있었다. 저 넓은 어깨가 벌써 하늘로 솟아 있었다.

아내가 하늘을 가리켜 보였다.

"날씨가 좋으니까, 당신 가는 길에 별이 깔렸을 거야."

남편이 웃었다.

"그래."

아내가 남편의 어깨에 손을 얹었다. 따뜻한 체

온이 느껴져 울컥했다. 그러니까 바로 이 육체가 위협을 받는단 말인가……?

"당신은 아주 강해, 하지만…… 그래도 조심해야 해!"

"물론, 조심해야지……."

남편이 또 웃었다.

남편이 옷을 입었다. 이 축제를 위해 가장 거친 천과 가장 무거운 가죽으로 된 옷을 골랐다.

시골 농부 같은 차림이었다. 남편이 더 무거워질수록 아내는 그에게 더 감탄했다. 아내가 직접 허리띠를 채워주고 장화도 신겨주었다.

"이 장화는 불편해."

"여기 다른 장화도 있어."

"비상등에 달게 끈을 좀 찾아다 줘."

아내는 남편을 바라보고, 갑옷 같은 비행복에서 마지막 결점까지 찾아내 바로잡았다. 모든 게 서로 잘 어울렸다.

"당신 아주 멋진데."

아내는 정성 들여 머리를 빗고 있는 남편을 바라보았다.

"별들에게 잘 보이려고?"

"나이 들어 보일까 봐."

"질투 나네……."

남편이 또 웃었다. 아내에게 입을 맞추고, 무거운 옷 위로 그녀를 꼭 끌어안았다. 그리고 여전히 웃으면서, 작은 여자아이를 안듯이 아내를 안아다가 침대에 눕혔다.

"더 자!"

남편은 등 뒤로 문을 닫고 거리로 나왔다. 밤거리의 낯선 사람들 가운데서 정복의 첫걸음을 내디뎠다.

아내는 그대로 남아있었다. 남편에게는 깊은 바닷속 광경에 지나지 않는 이 꽃과 책, 이 아늑함을 슬픈 듯 바라보았다.

XI

리비에르가 그를 맞아들인다.

"자네는 지난번 비행에서 실수를 했더군. 기상 조건이 좋았는데도 회항했으니까. 그냥 갈 수도 있었는데 말이야. 겁을 먹었나?"

놀란 비행사는 잠자코 있다. 두 손을 천천히 비비다가는 고개를 들고 리비에르를 똑바로 쳐다본다.

"그렇습니다."

그토록 용감하던 젊은이가 겁을 먹었다고 하

니 리비에르의 마음 깊은 곳에 연민이 인다. 비행사는 변명하려 한다.

"아무것도 보이지 않았습니다. 물론, 더 멀리에서는…… 어쩌면…… 무선국에서 말한 대로…… 그렇지만 조종실 조명이 나갔고, 제 손조차 더 이상 보이질 않았습니다. 적어도 날개라도 보려고 위치등을 켜고 싶었지만, 아무것도 보이질 않았습니다. 커다란 구덩이에 빠져서 다시 빠져나오지 못할 것 같은 느낌이 들었습니다. 그때 엔진까지 떨리기 시작했고요."

"아닐세."

"아니라니요?"

"아니야. 그 뒤에 우리가 엔진을 점검해 보았네. 엔진은 아무 문제가 없어. 그런데도 겁을 먹고 엔진이 떨린다고 착각하는 거지."

"누가 겁먹지 않겠습니까! 산들이 나를 내리누르는 것 같았다고요. 고도를 높이려고 했지만 강력한 난기류가 불어닥쳤습니다. 아무것도 보이질 않는데 난기류까지…… 고도가 올라가기는커녕 백 미터나 떨어졌습니다. 자이로스코프도, 기압계도 더는 보이지 않았어요. 엔진도 회전수가 줄고 열이 나면서 유압도 떨어지고…… 이 모든 게 어둠 속에서, 마치 병이 퍼지듯 연달아 일어났습니다. 환하게 불이 밝혀진 도시를 다시 보게 된 것만으로 마음이 벅찼습니다."

"자네는 상상력이 지나치게 풍부하군. 그만 가보게."

비행사가 밖으로 나간다.

리비에르는 소파에 몸을 파묻고, 희끗희끗한 머리칼을 손으로 쓸어 넘긴다.

"내 밑에 있는 직원 중에 가장 용감한 친구지. 그날 밤에 그가 아주 잘 해내긴 했어. 하지만 내가 그를 두려움에서 구해내야지……"

그러자 마음이 약해지려는 듯하다.

"사랑받으려면 동정하기만 하면 된다. 하지만

나는 동정하지 않고 오히려 감추는 편이지. 나 역시 따뜻한 우정이나 인정에 둘러싸이고 싶기도 하다. 의사는 자기 일을 하면서 그런 일들을 접하겠지. 하지만 나는 사건을 다룬다. 사건을 다루도록 직원들을 단련시켜야 한다. 밤이면 사무실에서 운송장을 앞에 두고 이 모호한 법칙을 체감한다. 그냥 되는대로 내버려 두거나, 규칙대로 흘러가게 놔두면 이상하게도 사고가 터진다. 마치 내 의지만이 비행기가 비행 중에 파손되거나 운행 중인 우편기가 폭풍으로 지연되는 일을 막기라도 하는 것 같다. 가끔은 나도 내 힘에 놀랄 정도다."

그는 또 곰곰이 생각한다.

"어쩌면 이건 분명하다. 정원사가 잔디밭에서 벌이는 영원한 싸움과 마찬가지다. 정원사의 단순한 손길이 아무리 땅을 억눌러도 땅은 영원히 원시의 숲을 키우고 있으니 말이다."

그는 비행사에 대해 생각한다.

'내가 그를 두려움에서 구해내야지. 내가 공격

한 것은 그가 아니다. 알 수 없는 대상 앞에서 사람을 마비시키는 저항성이 그를 통해서 드러났고, 나는 그 저항성을 공격하는 것이다. 내가 그의 말을 듣는다면, 그를 동정한다면, 그의 모험담을 심각하게 받아들인다면, 그는 마치 신비의 나라에서 귀환이라도 한 듯 여길 것이다. 우리가 두려워하는 건 바로 이 신비뿐이다. 사람들은 이 어두운 우물 속으로 내려가야 한다. 그리고 다시 올라와서 거기에 아무것도 없노라고 말할 수 있어야 한다. 이 사람은 밤의 가장 깊숙한 중심으로, 그 짙은 어둠 속으로 내려가야 한다. 자기 손이나 날개밖에 비추지 못하는 그 작은 광부용 전등도 없이, 어깨너비 정도만 떨어진 채로 미지의 대상을 마주해야 한다.'

그러함에도, 이 싸움에서 리비에르와 비행사들은 말 없는 동지애로 깊이 연결되어 있었다. 그들은 같은 정복욕을 느끼는, 한 배에 탄 사람들이었다. 하지만 리비에르는 밤을 정복하기 위해 개시했던 다른 전투들도 기억하고 있었다.

관료 무리는 이 어두운 영역을 전인미답의 오지처럼 두려워했었다. 뇌우와 안개, 그리고 밤이 감추고 있는 물리적 장애물을 향해 시속 이백 킬로미터의 속도로 날아가는 것은 그들에게 군사 비행에서나 용납할 수 있는 모험으로 보였다. 그조차도 날이 맑은 밤에 비행장을 떠나 폭격을 하고 다시 같은 비행장으로 돌아오는 것이다. 하지만 정기적인 항공편 운항의 경우, 야간 비행은 실패로 돌아갈 수 있다. 리비에르는 항변했었다.

"우리에게 야간 비행은 죽느냐 사느냐 하는 문제입니다. 낮 동안에 열차나 선박보다 앞섰던 것을 밤이 되면 모두 까먹어버리기 때문입니다."

리비에르는 손익이나 보험, 특히 여론에 대한 이야기를 지겹게 들었다. 그럴 때 그는

"여론이란…… 우리가 조종할 수 있는 겁니다." 라고 응수했다. 그의 생각은 이러했다.

'얼마나 시간 낭비인가! 무언가가 있다…….
이 모든 것에 우선하는 무언가가. 살아있는 것은
살기 위해 모든 것을 뒤엎고 살기 위해 자기만의
고유한 법칙을 창조한다. 그건 불가항력이다.'

리비에르는 상업용 항공이 언제 어떻게 야간
비행에 착수할지 알지 못했지만, 이에 대한 불가
피한 해결책을 준비해야 했다.

그는 녹색 천이 덮인 회의장 탁자들을 기억한
다. 그 탁자들 앞에서 그는 주먹을 쥐고 턱을 괸
채 그토록 많은 반대 의견을 들으면서 묘하게도
기운이 솟는 걸 느꼈다. 반대 의견들은 이미 삶
에 의해 단죄된, 허망한 소리처럼 들렸다. 그는
자기 안에 무게 추처럼 쌓이는 힘을 느꼈다. 리
비에르는 생각했다.

'내 논리에는 설득력이 있으니, 내가 이길 것
이다. 결국 그렇게 되기 마련이다.'

사람들이 그에게 모든 위험에서 벗어날 수 있
는 완벽한 해결책을 요구할 때면 그는 이렇게 대

답했다.

"법칙을 끌어내는 건 경험이지. 법칙을 안다고 경험을 능가할 순 없습니다."

일 년 내내 싸운 끝에 리비에르가 결국 승리했다. 어떤 이들은 "그의 신념 덕분"이라고 했고, 다른 이들은 "그의 고집, 곰 같은 추진력 덕분"이라고 했다. 하지만 그 자신은 더 간단하게, 그저 올바른 쪽으로 힘을 쏟았기 때문이라고 말했다.

하지만 처음에는 얼마나 조심했던가! 비행기는 일러도 일출 한 시간 전에만 출발했고 늦어도 일몰 한 시간 후에는 착륙했다. 리비에르는 자신의 경험으로 더 확실하다는 판단이 되었을 때라야 비로소 밤의 심연 속으로 우편기를 대담하게 밀어넣었다. 따르는 이도 거의 없고, 거의 비난만 받으면서 그는 지금도 고독한 싸움을 계속하고 있다.

리비에르가 비행 중인 우편기들의 최신 메시지를 알아보고자 벨을 울렸다.

XII

그러는 사이에 파타고니아 우편기는 뇌우에 다가가고 있었다. 파비앵은 뇌우를 피해 우회하기를 포기했다. 그는 뇌우가 너무 넓게 펼쳐져 있다고 판단했다. 번개가 내륙 깊이까지 파고들어 성채 같은 구름을 드러냈기 때문이다. 그는 구름 아래로 지나가는 걸 시도해 보고, 혹시라도 일이 잘 풀리지 않으면 회항할 작정이었다.

그는 고도를 확인했다. 천칠백 미터. 고도를 낮추기 위해 조종간을 잡은 두 손에 힘을 주었다. 엔진이 심하게 떨리더니 비행기가 흔들렸다. 파비앵은 어림잡아 하강 각도를 조정했다. 그리고 지도에서 산들의 높이를 확인했다. 오백 미터. 어느 정도 여유를 두기 위해 고도 칠백 미터 정도로 비행할 것이다.

그는 도박하듯이 고도를 낮췄다.

난기류에 휘말려 비행기가 곤두박질치며 심하게 흔들렸다. 파비앵은 보이지 않는 산사태가 덮쳐오는 듯한 위협을 느꼈다. 비행기를 돌려 수만 개의 별들을 다시 볼까도 생각했지만, 비행 각도를 단 일 도도 돌리지 않았다.

파비앵은 자신에게 승산이 있는지 따져보았다. 다음 기항지인 트렐레우에서 하늘의 사분의 삼이 구름으로 덮여있다고 연락해 왔으니, 이 뇌우는 국지적인 것 같다. 이 검은 콘크리트 같은 어둠 속에서 기껏해야 이십 분만 버티면 된다. 그럼에도 비행사는 불안했다. 엄청난 바람이 불어와 왼쪽으로 기운 상태에서, 짙은 밤의 어둠 속에서 떠도는 희미하고 흐릿한 불빛들이 무엇인지 알아내려 했다. 하지만 그건 불빛이 아니었다. 어두운 그림자의 미세한 농도 변화이거나 눈이 피곤해서 보이는 착시였다.

파비앵은 무선사가 건넨 쪽지를 펼쳤다.

"여기가 어디죠?"

파비앵도 그걸 알 수만 있다면 큰 대가라도 치렀을 것이다. 그가 대답했다.

"알 수 없습니다. 나침반을 보면서 뇌우를 통과하는 중입니다."

그는 다시 몸을 수그렸다. 마치 불로 만든 꽃다발처럼 엔진에서 나오는 배기가스의 불꽃 때문에 신경이 쓰였다. 불꽃은 너무 약해서 달빛에 묻힐 정도였지만, 빛이 전혀 없는 상황에서는 눈에 보이는 세상 전부를 빨아들였다. 그는 그 불꽃을 바라보았다. 바람이 불자 횃불처럼 세차게 타올랐다.

파비앵은 삼십 초마다 자이로스코프와 나침

반을 확인하려고 머리를 들이밀었다. 더 이상 희미한 붉은색 전등을 켤 엄두가 나지 않았다. 불을 켜면 한동안 눈이 부셨다. 하지만 라듐으로 숫자가 표시된 모든 장치에서는 별처럼 희미한 빛이 흘러나왔다. 여러 바늘과 숫자 사이에서 비행사는 안전하다는 착각이 들었다. 마치 파도가 덮친 배의 선실에서 느껴지는 것처럼. 밤과 그 밤에 실려오는 바위, 잔해, 언덕 같은 모든 것이 하나같이 놀라운 숙명을 품고 비행기를 향해 흘러왔다.

"여기가 어디죠?"

무선사가 다시 물었다.

파비앵은 고개를 들고 왼쪽으로 기대며 그 끔찍한 불침번 노릇을 다시 시작했다. 그는 얼마나 오랫동안 얼마나 많은 노력을 들여야 이 어둠의 속박에서 벗어날 수 있을지 알지 못했다. 오히려 절대 벗어나지 못하는 건 아닐까 걱정이었다. 희망을 잃지 않으려고 천 번은 펼쳐서 읽었던, 이

더럽고 구겨진 작은 종이에 목숨을 걸었으니 말이다.

"트렐레우: 하늘의 사분의 삼이 구름. 약한 서풍."

트렐레우 하늘의 사분의 삼이 구름에 덮여 있다면 구름이 갈라진 틈으로 빛이 얼핏 보일 것이다. 아니면 혹시……

저 멀리에서 약속이라도 한 듯 비쳐오는 희미한 빛 덕분에 비행을 계속할 수 있었다. 그럼에도 그는 걱정이 되어 무선사에게 줄 메모를 휘갈겨 썼다.

"통과 가능성 불확실. 후방 날씨 알려주기 바람."

돌아온 대답이 그를 놀라게 했다.

"코모도로에서 알림: 회항 불가. 폭풍."

그는 안데스산맥에서 바다 쪽으로 급선회하는 갑작스러운 폭풍의 공격이 닥쳐오리라 예상했다. 그가 도착하기도 전에 태풍이 먼저 도시들을 쓸어버릴 것이다.

"산안토니오에 기상 보고 요청하세요."

"'산안토니오 답신: 서풍. 서쪽에 폭풍. 하늘의 사분의 사 구름.' 산안토니오에서는 잡음 때문에 잘 안 들린다고 합니다. 이쪽에서도 잘 안 들립니다. 방전 때문에 곧 안테나를 접어야겠습니다. 회항하실 겁니까? 어떻게 하실 겁니까?"

"성가시게 하지 말고, 바이아블랑카의 기상 보고 요청하세요."

"바이아블랑카에서 답신: 이십 분 내에 바이아블랑카 서쪽에 세찬 뇌우 예상.'"

"트렐레우에 기상 보고 요청하세요."

"트렐레우에서 답신: 서쪽에서 초속 삼십 미터의 격렬한 폭풍과 비를 동반한 돌풍."

"부에노스아이레스에 전하세요: '사방이 막힘. 폭풍이 천 킬로미터에 걸쳐 확장 중. 아무것도 보이지 않음. 어떻게 해야 하나?'"

이 밤에 비행사가 정박할 곳은 없었다. 이 밤

은 비행사를 항구로 데려가지도 않고(항구는 모두 접근이 불가능한 듯했다) 여명에 이르게 하지도 않았으니까. 한 시간 사십 분 후면 연료가 떨어질 것이다. 조만간 이 짙은 어둠 속에서 아무것도 보이지 않는 상태로 흘러가야 할 터였다.

날이 밝을 때까지 버틸 수만 있다면……

파비앵은 이 거친 밤을 지나 이르게 될 새벽을 금빛 모래가 펼쳐진 해변으로 상상했다. 위험에 처한 비행기 아래로 들판이 해변처럼 펼쳐질 것이다. 조용한 땅은 잠든 농장과 양떼와 언덕을 품고 있을 것이다. 어둠 속을 떠돌던 모든 잔해도 전혀 해를 끼치지 않을 것이다. 할 수만 있다면 새벽을 향해 헤엄쳐 갈 텐데!

그는 자기가 포위되었다는 생각이 들었다. 좋건 나쁘건 모든 게, 결국 이 짙은 어둠으로 귀착될 것이다.

정말 그렇다. 그는 이따금 날이 밝아올 때면 회복기에 들어섰다고 여겼다.

하지만 태양이 머물고 있을 동쪽 하늘을 뚫어지게 바라본다고 무슨 소용이 있을까. 그들 사이에는 벗어나지 못할 너무도 깊은 밤이 있는데.

XIII

　　"아순시온 우편기는 순항하고 있네. 두 시쯤
에는 여기 도착할 거야. 반면에 곤경에 처한 것
같은 파타고니아 우편기는 상당히 늦어질 걸로
예상되네."

　　"알겠습니다, 리비에르 소장님."

　　"기다리지 않고 유럽행 우편기를 출발시킬 수
도 있으니, 아순시온 우편기가 도착하면 바로 알
리고 지시를 받도록 하게. 대기하도록."

　　리비에르는 이제 북쪽 기항지들이 보내온 재

난 예방 전보를 다시 읽고 있었다. 그 전보들은 유럽행 우편기에 달빛이 비치는 항로를 열어주는 중이었다.

"하늘 맑음, 보름달, 바람 없음."

환한 하늘을 배경으로 형태가 뚜렷하게 드러난 브라질의 산들은 빽빽한 머리털 같은 검은 숲을 은빛 바다에 담고 있었다. 달빛은 숲을 물들이지도 않으면서 지치지도 않고 비처럼 쏟아진다. 잔해처럼 바다에 떠있는 섬들도 검다. 그리고 이 달빛은 마르지 않는 빛의 샘처럼 항로 전체에 흐른다.

리비에르가 출발 명령을 내리면, 유럽행 우편기의 승무원들은 밤새도록 부드럽게 빛나는 안정된 세계로 들어가게 될 것이다. 빛과 어둠의 균형을 위협하는 것이라고는 아무것도 없는 세계. 차가워지면 몇 시간 만에 온 하늘을 망쳐놓을 수도 있는 맑은 바람의 어루만짐조차 스며들지 않는 세계.

하지만 달빛을 마주한 리비에르는 마치 금을 찾다가 채굴이 금지된 금광 앞에 선 사람처럼 망설였다. 남쪽에서 일어난 사건들은 혼자 야간 비행을 옹호해 온 리비에르에게 타격을 주었다. 그에게 반대하는 이들은 파타고니아에서 일어난 재난 덕분에 도덕적으로 유리한 입장에 설 것이고, 어쩌면 리비에르의 신념은 이제부터 무력해질지도 모른다. 하지만 실제로 리비에르의 신념은 전혀 흔들리지 않았다. 그의 과업에 생긴 균열이 참사를 낳았지만, 참사는 균열을 보여줄 뿐 다른 어떤 것도 증명할 수 없었다.

'어쩌면 서쪽에도 관측소가 필요할지 모른다……. 어쨌든 두고 봐야지.'

그는 또 이렇게 생각했다.

'내가 주장을 굽히지 않을 만한 확고한 이유들이 여전히 그대로 남아있고, 더욱이 사고 가능성의 원인 하나가 줄었다. 이번 사고로 훤히 드러났으니.'

실패는 강자를 더 강하게 만든다. 불행하게도 우리는 인간을 상대로 사물의 참된 의미는 거의 고려되지 않는 게임을 한다. 겉보기에 우리는 이기기도 하고 지기도 하며 하찮은 점수를 딸 뿐이다. 그리고 단지 겉보기에 패배로 보이는 것에 속박당한다.

리비에르가 벨을 울렸다.

"바이아블랑카에서는 여전히 무선전신으로 아무 소식도 보내지 않았나?"

"네."

"기항지로 전화를 연결해 주게."

오 분 뒤, 그는 이렇게 물었다.

"왜 아무 연락도 없는 건가?"

"우편기로부터 아무 연락도 받지 못했습니다."

"연락이 없다고?"

"저희도 잘 모르겠습니다. 뇌우가 너무 심합니다. 우편기 쪽에서 연락한다 해도 우리 쪽에서 들리질 않습니다."

"트렐레우에서는 들린다는가?"

"트렐레우에서도 아무 연락이 없습니다."

"전화해 보게."

"시도해 봤지만, 전화선도 끊겼습니다."

"지금 거기 날씨는 어떤가?"

"위협적입니다. 서쪽과 남쪽에서 번개가 칩니다. 아주 후텁지근합니다."

"바람은 어떤가?"

"아직 약하게 불지만, 십 분 정도일 겁니다. 번개가 빠르게 다가오고 있습니다."

순간 아무 소리도 들리지 않는다.

"바이아블랑카? 듣고 있나? 좋아. 십 분 뒤 다시 전화하게."

리비에르는 남쪽 기항지들이 보낸 전보들을 뒤적였다. 모두 다 해당 비행기와 연락되지 않는다는 내용뿐이었다. 어떤 기항지들은 부에노스아이레스에 더 이상 응답하지 않았다. 지도에서 연락 불능 지역 표시가 점점 커지고 있었다.

그 안에 있는 소도시들은 이미 태풍이 지나고 있었다. 모든 문이 잠겼고, 불빛 없는 거리의 집들은 제각기 한 척의 배처럼 세상에서 떨어져 나가 어둠 속에서 길을 잃었다. 오직 새벽만이 그들을 구해줄 것이다.

그럼에도 리비에르는 지도를 굽어보며, 피난처가 될 맑은 하늘이 어딘가 있으리라는 희망을 버리지 않았다. 서른 곳이 넘는 지방 도시의 경찰서에 기상 상태를 문의해 놓았고, 이제 막 답신이 오기 시작했다. 이천 킬로미터에 걸쳐 있는 무선국들은 그중 한 곳에서라도 해당 우편기로부터 호출을 수신하면 삼십 초 안에 부에노스아이레스에 통보하라는 명령을 받았다. 그러면 부에노스아이레스에서는 리비에르에게 피난처의 위치를 알리고 리비에르는 파비앵에게 그 내용을 전달할 것이다.

새벽 한 시에 호출된 직원들은 각자 자기 책상으로 돌아갔다. 그들은 야간 비행이 중지될 것

이고 유럽행 우편기는 이제 주간에만 출발할 것
이라며 비밀스레 말을 주고받았다. 그리고 목소
리를 낮추어 파비앵과 태풍, 그리고 특히 리비에
르에 대해 수군거렸다. 이렇게 자연 자체가 그를
반박하고 있으므로 그가 조만간 조금씩 무너지
리라고 예상했다.

그러나 일순간에 말소리가 중단되었다. 리비
에르가 사무실 문간에 나타났던 것이다. 외투를
단단히 여미고, 늘 눈 위까지 모자를 눌러쓴 모
습은 영원한 여행자 같았다. 그는 사무장을 향해
조용히 걸음을 내디뎠다.

"한 시 십 분인데, 유럽행 우편기에 관한 서류
는 다 준비되었나?"

"제가…… 제가 생각하기로는……"

"자네는 생각이 아니라 실행을 해야 하네."

리비에르는 뒷짐을 지고 천천히 열린 창문을
향해 돌아섰다.

한 직원이 그에게 다가왔다.

"소장님, 답신을 받지 못할 것 같습니다. 내륙에서 이미 다수의 전신선이 끊겼다는 소식이 와 있어서……"

"그렇군."

리비에르는 움직이지도 않고 밤의 어둠을 바라보았다.

이렇게 들어오는 메시지 하나하나가 우편기에 위협적인 내용을 담고 있었다. 각 도시에서는 전신선이 끊기기 전에 응답할 수 있을 때, 적군의 경로를 알려 주듯 태풍의 진로를 알려주었다.

"내륙 안데스산맥에서 오고 있음. 이동 경로 전체를 휩쓸며 바다로 향하고 있음."

리비에르는 별들이 너무 반짝거리고 공기는 너무 습하다고 생각했다. 정말 이상한 밤이다! 반짝이는 과일이 썩는 것처럼 이 밤도 반점들이 생겨나 썩고 있었다. 별들이 모두 모여 여전히 부에노스아이레스를 내려다보고 있었지만, 이 도시는 찰나의 오아시스에 지나지 않았다. 게다가 승무원이 닿을 수 없는 항구였다. 나쁜 바람이 건드려서 썩어가는 위협적인 밤. 난공불락의 밤.

그 밤의 심연 속 어딘가에서 비행기 한 대가 위험에 빠졌고, 사람들은 그 가장자리에서 무력하게 허둥대고 있었다.

XIV

파비앵의 아내에게서 전화가 왔다.

남편이 돌아오는 밤이면 그녀는 파타고니아 우편기의 비행을 가늠해 보곤 했다.

'이제 트렐레우에서 이륙하겠지……'

그렇게 잠이 들었다가 잠시 뒤,

'산안토니오에 가까워지고 있을 거야. 도시의 불빛들이 보이겠네……'

하면서 일어나 커튼을 걷고 날씨를 살폈다.

'이렇게 구름이 끼었으니 쉽지 않겠어……'

때로는 달이 목동처럼 거니는 듯 보였다. 그런 밤이면 달과 별, 남편을 둘러싼 이 수천 개의 존재들을 보고 안심이 되어 다시 잠이 들었다. 한 시쯤이면 남편이 가까이 있다고 느껴졌다.

'이제 거의 다 왔을 거야. 부에노스아이레스가 보일 테지…….'

그녀는 다시 일어나 남편의 식사를 준비하고 커피를 끓인다.

'저 높이에서는 무척 추울 테니까…….'

그녀는 항상 남편을 눈 덮인 산꼭대기에서 내려오기라도 한 듯이 맞아들였다.

"춥지 않아?"

"하나도 안 추워!"

"그래도 몸을 좀 덥혀봐…….'"

한 시 십오 분쯤이면 모든 준비가 끝났고, 그러면 그녀는 전화를 걸었다.

다른 날과 마찬가지로 오늘 밤에도 그녀는 이렇게 물었다.

"파비앵 씨 착륙했지요?"

전화를 받은 직원은 약간 당황했다.

"누구시죠?

"시몬 파비앵이에요."

"아! 잠시만요……."

직원은 무슨 말을 해야 할지 엄두가 나지 않아서 사무장에게 수화기를 넘겼다.

"누구신가요?"

"시몬 파비앵입니다."

"아……! 무슨 일로 전화하셨습니까?"

"남편이 도착했나 해서요."

설명할 수 없는 침묵이 잠시 이어지다가 사무장이 짧게 답했다.

"아니오."

"연착되는 건가요?"

"네……."

다시 짧은 침묵이 이어졌다.

"네……. 연착되는 겁니다."

"아······!"

그건 상처 입은 육체에서 나오는 '아······!'였
다. 연착은 아무것도 아니다······. 아무것도 아
니다······. 하지만 연착이 길어지면······

"아······! 그럼 몇 시에나 도착할까요?"

"여기에 몇 시에 도착하겠느냐고요? 저희
도······ 저희도 모르겠습니다."

그녀는 이제 막다른 벽에 부딪혔다. 돌아오는
답은 그녀가 했던 질문의 메아리일 뿐이었다.

"제발 대답 좀 해주세요! 그럼 남편은 지금 어
디에 있는 거죠?"

"지금 어디에 있느냐고요? 기다려보세요······."

이런 무력한 대답이 그녀를 힘들게 했다. 벽
뒤에서 무슨 일인가 벌어지고 있었다.

사무장은 결심한 듯 답했다.

"파비앵은 십구 시 삼십 분에 코모도로에서 이
륙했습니다."

"그런 다음에는요?"

"그런 다음에요……? 많이 연착된 거죠……. 날씨가 나빠서요……."

"아! 날씨가 나빠서……"

부에노스아이레스 하늘에는 저리도 한가롭게 달이 떠 있으니, 얼마나 부당하고 얼마나 음흉한 가! 젊은 아내는 코모도로에서 트렐레우까지 겨우 두 시간밖에 걸리지 않는다는 사실이 갑자기 떠올랐다.

"그럼 그이가 여섯 시간 전부터 트렐레우를 향해 날고 있다는 거잖아요! 메시지를 전했겠지요! 뭐라고 하던가요……?"

"뭐라고 했느냐고요? 당연히 이런 날씨에서는…… 잘 아시겠지만…… 메시지를 수신할 수 없습니다."

"이런 날씨라니요!"

"그럼 이렇게 하시지요. 뭐라도 알게 되면 저희가 전화를 드리겠습니다."

"아! 정말 아무것도 모르시는 거군요……."

"안녕히 계십시오……."

"아니, 안 돼요! 소장님과 통화하고 싶어요!"

"소장님은 매우 바쁘십니다. 지금 회의 중이
세요……."

"아! 상관없어요! 나는 아무 상관 없다고요! 소
장님하고 통화해야겠어요!"

사무장은 땀을 닦았다.

"잠시만……."

그는 문을 밀고 리비에르의 집무실로 들어갔다.

"파비앵의 아내가 소장님과 직접 통화하고 싶
어합니다."

리비에르는 생각했다.

'이런, 내가 우려하던 일이 닥쳤군.'

이 드라마의 감정적 요소들이 모습을 드러내
기 시작했다. 처음엔 회피할까 생각했다. 어머
니와 아내는 수술실에 들어가는 게 아니다. 위험
에 빠진 배에서 감정을 드러내는 것은 금물이다.
감정은 사람을 구하는 데 도움이 되지 않는다.

하지만 그는 전화를 받기로 했다.

"내 방 전화로 연결해 주게."

그는 멀리서 가늘게 떨고 있는 목소리를 들었다. 그리고 곧바로 그 목소리에 응답할 수 없음을 깨달았다. 서로 맞서봐야 두 사람 모두에게 득이 될 게 없을 것이다.

"부인, 제발 진정하세요! 오랫동안 소식을 기다리는 건 우리 업계에선 아주 흔한 일입니다."

그는 이제 사소하고 특정한 고통이 문제되지 않고, 행동 그 자체가 문제되기 시작하는 경계선에 도달했다. 리비에르의 맞은편에 서 있는 건 파비앵의 아내가 아니라 삶의 또 다른 의미였다. 리비에르는 이 작은 목소리를, 너무 슬프면서도 적의에 가득한 이 노래를 경청하고 동정할 수 있을 뿐이었다. 개인의 행동이든 행복이든 함께 나눌 수는 없으니까. 오히려 그것들은 서로 충돌한다. 이 부인 또한 절대적인 한 세계의 이름으로, 그리고 그 세계의 의무와 권리의 이름으로 말하고 있었다. 그 세계는 저녁 식탁을 밝히는 전등의 불빛, 그의 육체를 자기 것으로 요구하는 육체, 희망과 애정과 추억의 본향이라는 세계다. 그녀는 자신의 행복을 요구했고 그녀는 옳았다. 리비에르 역시 옳았지만, 이 부인의 진실에 전혀 이의를 제기할 수 없었다. 그는 집안의 소박한 등불에 비추어, 형언할 수도 없고 인간적이지도 않은, 자신만의 진실을 드러내고 있었다.

"부인……"

그녀는 더 이상 듣고 있지 않았다. 그녀는 연약한 주먹으로 벽을 치다 자리에 주저앉아 버린 것 같았다.

언젠가 한 엔지니어가 리비에르에게 말했다. 두 사람은 건설 중인 다리 근처에서 부상자를 지켜보는 중이었다.

"이 다리가 사람 얼굴을 부숴도 괜찮을 만큼 가치가 있는 걸까요?"

그 길을 이용하게 될 농민 중에 다음번 다리

까지 돌아가는 수고를 덜기 위해 사람 얼굴 하나쯤 끔찍하게 훼손해도 괜찮다고 할 사람은 하나도 없을 것이다. 그럼에도 사람들은 다리를 짓는다. 엔지니어는 이렇게 덧붙여 말했다.

"공익은 개개인의 이익이 모여서 생기는 것이죠. 그 이상의 것은 정당화될 수 없어요."

한참 뒤 리비에르가 엔지니어에게 대꾸했다.

"하지만 인간의 목숨이 무엇보다 소중하다 해도, 우리는 늘 인간의 목숨보다 더 값진 무언가가 있는 것처럼 행동하지 않나요……? 대체 그건 뭘까요?"

리비에르는 승무원들을 생각하면 가슴이 저렸다. 다리를 짓는 것과 같은 그런 행동조차 행복을 깨뜨린다. 리비에르는 더 이상 스스로에게 "무엇의 이름으로?"라고 묻지 않을 수 없었다.

그는 생각했다.

'어쩌면 곧 사라질 이 사람들은 행복하게 살 수도 있었을 텐데.'

저녁 등불의 황금빛 성소 안에서 고개 숙이고 있는 얼굴들이 눈앞에 떠올랐다.

'나는 대체 무엇의 이름으로 그들을 그곳에서 끄집어냈던가?'

무엇의 이름으로 그들에게서 개인적인 행복을 빼앗았나? 제1의 법칙은 이러한 행복을 지켜주는 것이 아닌가? 하지만 바로 그 자신이 이러한 행복을 깨뜨리고 있다. 그러나 금빛으로 빛나는 성소는 언젠가 신기루처럼 사라질 것이다. 노화와 죽음이 그 자신보다 더 냉혹하게 그 성소를 파괴한다. 어쩌면 더 오래 지속될 다른 무언가가 있을 것이다. 어쩌면 리비에르가 일하는 것은 인간의 이런 부분을 구하기 위해서가 아닐까? 그렇지 않다면 그의 행동은 정당화될 수 없다.

'사랑한다는 것, 오직 사랑한다는 것은 정말 막다른 길이로구나!'

리비에르는 사랑하는 것보다 더 큰 의무가 있음을 막연하게 느꼈다. 그것 또한 어떤 애정과 관련된 것이겠지만, 여타의 애정들과는 상당히 다른 것이었다. 문장 하나가 떠올랐다.

"그것들을 영원한 것으로 만드는 게 관건이다……."

이 문장을 어디에서 읽었던가?

"그대가 자신 안에서 추구하는 것은 소멸한다."

페루 잉카족의 태양신 사원도 떠올랐다. 산 위에 곧게 서 있던 돌덩이들. 그 돌덩이들이 없었다면, 오늘날 그 돌덩이들의 무게로 회한처럼 인간을 짓누르는 그 강력한 문명에서 무엇이 남았겠는가?

'그 옛날의 지도자는 어떤 엄격함의 이름으로, 혹은 어떤 기이한 사랑의 이름으로 군중을 속박하여 산 위에 이 사원을 짓게 하고, 그리하여 그들의 영원성을 세우도록 강요했던 것일까?'

리비에르는 저녁이면 야외 음악당 주변을 서성이는 소도시의 군중을 다시 생각했다.

'이런 행복, 이 굴레……'

라는 생각이 들었다. 그 옛날 민족들의 지도자는 어쩌면 인간의 고통을 동정하지 않았더라도 인간의 죽음은 엄청나게 동정했을 것이다. 그것은 개인의 죽음에 대한 동정이 아니라, 모래의 바다가 지워버릴 종(種)에 대한 동정이다. 그는 자기 민족을 이끌어 적어도 사막에 묻히지 않을 돌덩이들을 세우게 했다.

XV

두 번 접은 이 종이 쪽지가 어쩌면 그를 구할지도 모른다. 파비앵은 이를 악물고 쪽지를 펼쳐 보았다.

"부에노스아이레스와 통신 두절. 더 이상 조작 불능. 손끝에서 불꽃이 튈 정도."

파비앵은 화가 나서 쪽지에 답하려 했지만, 글씨를 쓰려고 조종간에서 손을 떼는 순간 강력한 너울 같은 것이 그의 몸을 파고들었다. 난기류가 오 톤짜리 금속 덩어리 안에 있는 그를 들어 올렸다가 넘어뜨렸다. 그는 글쓰기를 단념했다.

그의 두 손이 다시 그 거센 너울을 움켜쥐고 진정시켰다.

파비앵은 크게 숨을 내쉬었다. 뇌우가 무서워서 무선사가 안테나를 접는다면 파비앵은 도착하자마자 그의 얼굴을 부숴버릴 작정이었다. 마치 천오백 킬로미터도 더 떨어진 그곳에서 이 어둠의 심연 속에 있는 그들에게 동아줄이라도 던져줄 수 있기라도 하듯이, 무슨 수를 써서라도 부에노스아이레스와 교신해야 했다. 흔들리는 불빛 하나 보이지 않고, 거의 도움이 되지도 않겠지만 그래도 등대처럼 육지가 있음을 보여주는 여관의 등불 하나 보이지 않았다. 그러니 그에게는 적어도 하나의 목소리, 이미 더 이상 존재하지 않는 세상에서 들려오는 단 하나의 목소리라도 있어야 했다. 비행사는 붉은 불빛 속에서 주먹을 들어 내지르며 뒷자리에 있는 무선사에게 이 비극적 진실을 이해시키려 했으나, 무선사는 폐허가 된 공간 위로 몸을 기울인 채 어둠에 묻힌 도시들, 꺼져버린 불빛들에 몰두하느라 알아차리지 못했다.

파비앵은 누군가 소리쳐 알려준다면 그 모든 조언을 따랐을 것이다. 그는 생각했다.

'원을 그리며 돌라고 하면 원을 그리며 돌 것이고, 정남쪽으로 향하라면 그렇게 할 것이다……'

어딘가 커다란 달그림자 아래 평화롭고 온화한 땅이 존재했다. 저쪽 동지들은 그곳을 알고 있었다. 학자처럼 유식한 그들은 마치 전능한 존재인 양, 꽃처럼 아름다운 등불 아래에서 고개를 숙인 채 지도를 들여다보고 있는 것이다. 그런데 그는 산사태처럼 빠른 속도로 검은 급류를 그에게로 밀어붙이는 이 밤과 난기류 외에 무엇을 알고 있는가? 구름 속에 이는 소용돌이와 불꽃 속에 있는 이 두 사람을 그들은 포기할 수 없을 것이다. 그럴 수는 없었다. 파비앵에게

"기수를 이백사십 도 방향으로……"

같은 명령을 내렸더라면 그는 벌써 기수를 이백 사십 도 방향으로 돌렸을 것이다. 하지만 그는 혼자였다.

기계 장치들도 반란을 일으키는 듯했다. 급속히 하강할 때마다 엔진이 너무 심하게 떨려서 비행기 전체가 화를 내듯 흔들렸다. 파비앵은 온 힘을 다해 비행기를 통제하려 했다. 조종실에서 머리를 파묻은 채 자이로스코프의 수평축을 똑바로 바라보았다. 태초의 암흑처럼 모든 것이 뒤섞이는 어둠 속에서 방향을 잃은 그는 그저 육안으로 바깥을 내다보아서는 하늘과 땅을 더 이상 구분할 수가 없었다. 하지만 위치를 가리키는 계기판의 바늘들이 점점 더 빠르게 흔들리고 있어서 그마저 알아보기 힘들어졌다. 비행사는 고장난 계기판 때문에 제대로 싸우지도 못한 채 고도를 잃고 조금씩 이 어둠 속으로 빠져들고 있었다. 고도계를 확인해 보았다. '오백 미터.' 산들의 높이였다. 그는 산들이 어지러운 물결처럼 그에게 몰려오는 것을 느꼈다. 또한 그중 가장 작은 조각조차 그를 으깨버릴 정도로 거대한 흙덩어리들이 지반에서 뽑히고 풀려나와 술 취한 듯 그의 주위를 맴돌기 시작했음을 알아차렸다. 흙덩어리들은 그의 주변에서 격렬하게 춤을 추기 시작하면서 점점 더 그를 조여왔다.

그는 마음을 정했다. 충돌의 위험을 감수하고 어디든 착륙할 것이다. 적어도 산들은 피해야 하므로 하나 남은 조명탄을 쏘았다. 조명탄은 불이 붙자 빙빙 돌면서 평평한 곳을 비추다 꺼졌다. 바다였다.

얼핏 이런 생각이 스쳤다.

'다 틀렸다. 사십 도를 수정했는데도 진로를 벗어났다. 태풍 때문이다. 육지는 어디에 있지?'

그는 정서쪽으로 선회했다. 이런 생각도 들었다.

'이제 조명탄도 없으니 죽겠구나.'

언젠가는 닥칠 일이었다. 그런데 뒤에 있는 그의 동료는……

'틀림없이 안테나를 접었을 것이다.'

하지만 비행사는 더 이상 동료를 원망하지 않았다. 그가 손을 놓아버리기만 하면 둘의 목숨도 곧 헛된 먼지처럼 사라질 것이다. 그는 두 손으로 자신과 동료의 고동치는 심장을 쥐고 있었다. 갑자기 자신의 손이 두려워졌다.

숫양처럼 들이받는 이 난기류 속에서 그는 흔들림을 줄이려고 조종간에 매달렸다. 그렇게 하지 않으면 조종실의 케이블들이 모두 끊어질 지경이었다. 그런데 그렇게 힘을 쏟다 보니 두 손에 느낌이 없어졌다. 그는 감각이 살아있는지 보려고 손가락들을 움직이려 했지만, 손가락이 말을 듣는지조차 알 수 없었다. 그저 낯선 무언가가 팔 끝에 달려있었다. 감각이 없고 물렁물렁한 풍선 같았다. 그는 이렇게 생각했다.

'내가 붙잡고 있다는 상상이라도 열심히 해야 한다……'

생각이 손까지 이르는지는 알 수 없었다. 어깨

의 통증을 통해서라야만 조종간의 진동을 알 수 있었다.

'손에서 빠져나갈 것 같다. 그리고 손은 풀려버릴 테고……'

하지만 그런 생각이 들었다는 것 자체가 무서웠다. 이번에는 자신의 손이 상상의 어두운 힘에 복종하는 듯 천천히 풀어지며 어둠 속에서 그를 놓아버릴 듯이 느껴졌기 때문이다.

그는 아직 싸울 수 있었고, 운을 시험해 볼 수도 있을 것 같았다. 외적인 숙명이란 없다. 내적 숙명이 있을 뿐이다. 자신이 약한 존재임을 깨닫는 순간이 온다. 그 순간 실수가 마치 현기증처럼 당신을 끌어당긴다.

바로 그때 폭풍의 갈라진 틈 사이로 몇 개의 별들이 그의 머리 위에서 반짝였다. 마치 덫에 놓인 치명적인 미끼 같았다.

그는 이것이 함정임을 간파했다. 구멍으로 세 개의 별이 보인다. 별들을 향해 올라가면 다시는 내려올 수 없어, 우리는 별들을 베어 물고 그곳에 머문다…….

그러나 빛에 굶주린 그는 그만 그리로 올라가고 말았다.

XVI

별들이 지표가 되어준 덕분에 난기류를 더 잘 다루며 위로 올라갈 수 있었다. 별들의 약한 자성이 그를 끌어당겼다. 그는 너무 오랫동안 고생하며 빛을 찾았기에 가장 희미한 불빛이라도 놓치지 않았을 것이다. 여관에서 흘러나오는 듯 희미한 한 줄기 불빛만으로도 만족하여, 그가 갈망하던 이 신호의 주위를 죽을 때까지 빙빙 돌았을 것이다. 그래서 이제 그는 빛의 벌판을 향해 올라가고 있었다.

그는 하늘로 열려있는 우물 속에서 나선형을 그리며 조금씩 위로 올라갔다. 그의 아래쪽으로는 우물이 다시 좁아지며 닫히고 있었다. 그가 올라갈수록 구름은 더러운 어둠의 그림자를 버리고, 점점 더 맑아지고 하얘지는 물결처럼 그를 스쳐 지나갔다. 파비앵은 마침내 우물에서 빠져나왔다.

그의 놀라움은 극에 달했다. 너무 밝아서 눈이 부셨다. 몇 초 동안 눈을 감고 있어야 했다. 그는 밤중에 구름이 이토록 눈부시게 밝을 수 있다고는 전혀 생각하지 못했을 것이다. 그러나 보름달과 모든 별자리가 구름을 빛나는 물결로 바꾸어 놓았다.

비행기는 어둠 속에서 빠져나오는 바로 그 순간, 놀랍도록 고요해졌다. 비행기를 한쪽으로 기울게 하는 바람의 너울조차 없었다. 제방을 지나는 작은 배처럼 비행기는 이제 잔잔한 물결로 들어섰다. 그는 마치 행복한 섬들로 둘러싸인 작은 만처럼 숨겨져 있는 미지의 하늘 한 부분에 접어들었다. 폭풍은 저 아래에서 돌풍과 소용돌이치는 물기둥과 번개가 몰아치는 삼천 미터 두께의 또 다른 세상을 만들고 있었다. 하지만 여기에서는 눈처럼 희고 수정처럼 맑은 얼굴로 별들을 향해 맴돌고 있을 뿐이었다.

파비앵은 천국과 지옥 사이의 모호한 영역에 왔다고 생각했다. 그의 손도, 옷도, 비행기 날개도 모두 환하게 빛나고 있었기 때문이다. 빛은 별에서 내려오는 것이 아니라, 아래와 주위에 있는 풍성한 흰 구름에서 나오고 있었다.

아래에 있는 구름들은 달에서 눈처럼 흰빛을 받아 다시 내보내고 있었다. 그의 왼쪽과 오른쪽에 탑처럼 높이 솟아있는 구름들도 마찬가지였다. 사방에 우윳빛이 흐르고 비행사와 무선사는 그 빛에 잠겼다. 파비앵이 뒤를 돌아보니 무선사가 미소 짓고 있었다.

"훨씬 좋아졌는데요! 무선사가 소리쳤다."

하지만 목소리는 비행기의 소음에 묻혔고, 두 사람은 미소만 주고받았다.

'웃고 있다니, 내가 미쳤구나. 우리는 이제 끝장인데.'

파비앵은 생각했다.

그럼에도 그는 이제 수많은 어둠의 손길에서 놓여났다. 감옥에 갇혔다가 잠시 홀로 꽃밭을 걸을 수 있게 된 죄수처럼 그를 억압하던 속박에서 풀려났다.

'너무 아름답다.'

파비앵은 생각했다. 그는 보물처럼 빼곡한 별들 사이를 떠돌고 있었다. 살아있는 것이라고는 파비앵과 그의 동료 말고는 아무것도 없는 세계였다. 그들은 마치 보물이 가득한 방에 갇혀서 다시는 밖으로 나오지 못했다는 전설 속 도시의 도둑 같았다. 얼음처럼 반짝이는 보석들 사이에서 떠도는 두 사람은 한없이 부유했으나 곧 죽을 운명이었다.

XVII

파타고니아의 기항지인 코모도로 리바다비아
의 무선사 한 사람이 갑작스레 움찔하자, 무선국
에서 무력하게 밤을 지새우고 있던 사람들 모두
가 그 주위로 모여들어 몸을 기울였다.

그들은 아주 밝게 빛나는 백지를 들여다보았
다. 무선사의 손이 아직 주저하고 연필은 흔들
리고 있었다. 무선사의 손이 어둠에 갇힌 이들이
보내는 글자를 받아적고 있었지만, 그의 손가락
은 벌써 떨리고 있었다.

"뇌우인가?"

무선사는 '그렇다'는 뜻으로 고개를 끄덕였다. 지직거리는 잡음 때문에 제대로 알아듣기가 어려웠다.

얼마 뒤에는 알아보기 어려운 부호들을 몇 개 적었다. 다시 얼마 뒤에는 단어들을 적었다. 그러고 나서야 원문을 복구할 수 있었다.

"폭풍 위쪽 삼천 미터 상공에 갇혀있음. 바다로 편류했으므로, 내륙을 향해 정서향 비행 중. 아래쪽 시야는 모두 막혀있음. 여전히 바다 위를 날고 있는지 알 수 없음. 폭풍이 내륙까지 펼쳐졌는지 알려주기 바람."

뇌우 때문에 이 전보를 부에노스아이레스까지 전달하려면 여러 무선국을 연달아 거쳐야 했다. 이 소식은 마치 망루에서 망루로 이어지는 봉화처럼 밤의 어둠 속에서 앞으로 나아갔다.

부에노스아이레스에서 회신이 왔다.

"내륙 전역에 폭풍. 연료는 얼마나 남았나?"

"삼십 분 비행 분량."

이 말은 다시 야근 중인 무선사들을 거쳐 부에
노스아이레스까지 전달되었다.

비행사와 무선사는 삼십 분 내로 태풍에 휘말
릴 운명이었고, 태풍은 그들을 땅으로 내동댕이
칠 것이다.

XVIII

리비에르는 깊은 생각에 잠겼다. 더 이상 희망을 품지 않았다. 이 승무원들은 밤의 어둠 속 어딘가로 가라앉을 것이다.

리비에르는 어린 시절 그에게 강한 인상을 남겼던 한 장면을 떠올렸다. 사람들이 시체 한 구를 찾으려고 연못의 물을 다 퍼냈었다. 이 거대한 어둠이 땅에서 물러나고 날이 밝아 이 모래와 들판과 밀밭이 다시 드러나기 전까지는 아무것도 찾을 수 없을 것이다. 어쩌면 평화로운 풀밭과 밀밭에 떠밀려와 팔을 접어 얼굴에 올리고 잠든 것처럼 보이는 두 젊은이를 순박한 시골 농부들이 찾아낼 테지만, 그들은 이미 밤의 어둠에 잠겨 익사한 후일 것이다.

리비에르는 전설 속 바다에서처럼 밤의 심연 속에 묻힌 보물들을 생각한다……. 아직 피지 않은 꽃을 매달고 날이 밝기를 기다리는 이 밤의 사과나무들. 밤은 향기와 잠든 새끼 양과 아직 물이 들지 않은 꽃으로 가득해 풍요롭다.

기름진 밭과 비에 젖은 숲, 싱그러운 개자리풀이 날이 밝기를 기다려 조금씩 올라올 것이다. 하지만 이제 위험하지 않은 산들과 평원과 새끼 양들 사이에서, 세상의 평온 속에서, 두 젊은이는 잠자고 있는 듯 보일 것이다. 그리고 무언가가, 보이는 이 세상에서 보이지 않는 저세상으로 흘러갔을 것이다.

리비에르는 파비앵의 부인이 걱정이 많으면서도 다정하다는 것을 알고 있다. 이 사랑은 마

치 가난한 아이에게 잠시 빌려준 장난감처럼 그
녀에게 빌려준 것일 뿐이다.

리비에르는 파비앵의 손을 생각한다. 조종간
에 놓인 그 손은 아직 몇 분 동안 자신의 운명을
붙잡고 있다. 마치 신의 손처럼 누군가의 가슴
위에 놓여 그 가슴에 동요를 일으키던 손. 어느
얼굴 위에 놓여 그 표정을 바꾸어놓던 손. 기적
을 일으키던 손.

파비앵은 이 밤에 장관을 이루는 구름바다 위
를 떠돌고 있다. 하지만 그 아래로 내려가면 곧
영원의 세계다. 그는 홀로 머물고 있는 별자리들
사이에서 길을 잃었다. 하지만 여전히 세상을 두
손에 쥐고 가슴에 대고서 균형을 잡고 있다. 자
신의 조종간에 인간적 풍요의 무게를 싣고서, 절
망한 채 결국 돌려주어야 할 쓸모없는 보물을 이
별에서 저 별로 끌고 다닌다.

리비에르는 무선국에서 아직도 그의 전보를
듣고 있다고 생각한다. 오직 하나, 파비앵을 여전

히 세상과 이어주는 것은 한 줄기의 음파, 단조의
변조다. 그것은 탄식도 아니고, 절규도 아니다.
이제껏 절망이 만들어낸 가장 순수한 소리다.

XIX

로비노가 리비에르를 고독에서 끌어냈다.

"소장님, 제가 생각해 보았는데요…… 이렇게 해볼 수 있을 것 같습니다만……"

사실 로비노에게는 제안할 것이 있었던 것이 아니라, 자신의 선의를 그렇게 입증하려던 것이었다. 그도 해결책을 찾아내고 싶었을 테고, 수수께끼의 답을 찾듯이 조금은 애를 썼다. 하지만 그가 찾아낸 해결책들을 리비에르는 늘 귀담아듣지 않았다.

"이봐, 로비노, 인생에는 해결책이라는 게 없네. 힘이 작용할 뿐이지. 힘을 만들어내야 하고, 그러면 해결책이 따르기 마련이야."

그래서 로비노는 정비사 조합에서 작용하는 힘을 만들어내는 데 자신의 역할을 한정했다. 보잘것없는 힘이지만 프로펠러의 축에 녹이 슬지 않게 하는 힘이었다.

하지만 이날 밤에 일어난 사건들은 로비노를 무력하게 만들었다. 감독관이라는 직함은 뇌우에도 아무런 힘을 쓸 수 없었고, 정시 출발의 특별수당을 받기 위해서가 아니라, 로비노의 처벌을 무효로 만드는 유일한 처벌인 죽음을 피하기 위해 싸우는 유령 같은 승무원에게도 아무런 힘을 쓰지 못했다.

이제 아무 도움도 안 되는 로비노는 하릴없이 사무실을 돌아다녔다.

파비앵의 아내가 찾아왔다. 불안에 짓눌린 그

녀는 직원 사무실에서 리비에르와의 면담을 기다렸다. 직원들은 눈을 들어 그녀의 얼굴을 훔쳐보았다. 그런 시선에서 그녀는 수치심을 느꼈고, 두려워하며 주변을 둘러보았다. 여기 있는 모든 것이 그녀를 거부하고 있었다. 마치 시신을 밟고 행진하듯이 자기 일을 계속하는 이 사람들, 인간의 목숨과 인간의 고통이 그저 냉혹한 숫자의 잔재로만 남는 이 서류들. 그녀는 파비앵에 대해 말해줄 만한 표시들을 찾아보았다. 그녀의 집에서는 모든 것이 남편의 부재를 드러내고 있었다. 이불을 반쯤 걷어놓은 침대, 준비해 둔 커피, 꽃다발…… 그녀는 어떠한 표시도 찾아내지 못했다. 모든 게 연민이나 우정이나 추억에 반하는 것뿐이었다. 누구도 그녀 앞에서 목소리를 높이지 않았으므로, 그녀에게 들린 말은 명세서를 요구하는 직원의 욕설밖에 없었다.

"…… 제기랄, 그 발전기 명세서 말이야! 우리가 산토스에 보낸 거."

그녀는 너무 놀라 그 사람을 바라보았다. 그러다 벽에 붙어있는 지도가 눈에 들어왔다. 그녀의 입술이 가늘게 떨렸다.

그녀는 이곳에서 자신이 적대적인 진실을 드러내고 있음을 짐작했다. 그러자 여기까지 찾아온 것이 후회되었고, 숨고 싶어졌다. 사람들이 쳐다볼까 봐 기침도 참고 울음도 삼켰다. 그녀는 마치 벌거벗기라도 한 듯 자신이 기이하고 몰상식한 존재로 느껴졌다. 하지만 그녀의 진실은 너무나 강력했기에 그녀의 얼굴에서 무언가를 읽어내려 몰래 흘끔거리는 시선은 오히려 늘어났다. 이 여인은 무척이나 아름다웠다. 그녀의 모습은 사람들에게 신성한 행복의 세계를 보여주었다. 우리가 행동하면서 알지 못한 채 건드리는 존엄한 무언가를 보여주었다. 수많은 시선을 받으며 그녀는 눈을 감았다. 사람들이 자신도 알지 못한 채 파괴할 수 있는 어떤 평화가 그녀에게서 드러났다.

리비에르가 그녀를 맞아들였다.

그녀는 자신이 준비해 둔 꽃과 커피, 그리고 젊은 육체를 위해 소심하게나마 항변하고자 왔다. 더욱 냉랭한 리비에르의 방에 들어오니 그녀의 입술이 다시 약하게 떨리기 시작했다. 또한 그녀는 자신의 고유한 진실이 이 또 다른 세계에서는 말로 설명될 수 없음을 깨달았다. 그녀 안에서 솟아오르는 모든 것, 거의 야생적이라고 할 만큼 강렬한 사랑과 헌신이 여기에서는 성가시고 이기적인 표정을 짓고 있는 듯 보였다. 그녀는 도망치고 싶었다.

"제가 방해가 되었군요……."

리비에르가 대답했다.

"부인, 전혀 방해가 되지 않습니다. 불행하게도, 부인과 저는 기다리는 것 말고는 달리 할 수 있는 일이 없네요."

그녀는 어깨를 살짝 들썩였고 리비에르는 그 의미를 이해했다.

"집에 돌아가면 다시 보게 될 그 전등, 차려놓은 저녁 식사, 꽃들이 다 무슨 소용일까……"

언젠가 한 젊은 어머니가 리비에르에게 이런 고백을 했었다.

"내 아이의 죽음을 나는 아직도 이해하지 못하겠어요……. 견디기 힘든 건 사실 작은 것들이에요. 다시 보게 되는 아이의 옷가지라든가, 밤중에 잠이 깨면 가슴에 솟아오르는 이 애정이라든가, 그런데 이제는 내 젖처럼 모두 쓸모없게 되어 버렸어요……."

파비앵의 부인에게도 남편의 죽음은 내일부터나 겨우 실감될 것이다. 이제는 헛된 것이 된 행동 하나하나에서, 물건 하나하나에서. 파비앵은 서서히 집을 떠날 것이다. 리비에르는 깊은 연민을 느꼈으나 내색하지 않았다.

"부인……"

이 젊은 부인은 자신이 가진 힘을 알지 못한 채로, 거의 겸허해 보이기까지 한 미소를 짓고 물러갔다.

리비에르는 조금 힘겹게 자리에 앉았다.

'하지만 저 부인은 내가 찾고 있던 걸 발견하는 데 도움이 되었어……'

그는 북쪽 기항지들에서 보내온 재난 예방 전보들을 톡톡 두드렸다. 그는 깊이 생각했다.

'우리가 청하는 건 영원한 존재가 되게 해달라는 게 아니다. 행동이나 물건이 갑작스레 그 의미를 잃게 되는 걸 보지 않게 해달라는 것이다. 우리를 둘러싼 공허는 그럴 때 드러나니까……'

그의 시선이 전보를 향했다.

'바로 저것들을 통해 죽음이 우리에게 알려지지. 더 이상 의미가 없는 이 메시지들……'

그는 로비노를 바라보았다. 이제는 쓸모없어진 이 하찮은 인간은 더 이상 아무런 의미도 없었다. 리비에르는 그에게 거의 냉혹하다 싶을 정도로 말했다.

"내가 자네에게 할 일을 가져다줘야 하나?"

리비에르는 직원들의 방으로 난 문을 밀고 나갔다. 파비앵의 실종이 그에게 충격을 주었다. 파비앵의 아내는 알아차리지 못했던 여러 표시들에서 그의 실종이 명백히 드러나 있었다. 파비앵의 비행기 R.B.903의 카드가 이미 벽에 걸린 게시판의 비행 불능란에 꽂혀 있었다. 유럽행 우편기의 서류들을 준비하고 있던 직원들은 출발이 지연될 것을 알고 일을 제대로 하고 있지 않았다. 비행장에서는 이제 밤중에 대기하고 있어야 할 목적이 사라진 승무원들에게 내릴 지침을 전화로 요청해 왔다. 생명의 기능들이 느려지고 있었다. 리비에르는 생각했다.

'죽음, 죽음이란 바로 이런 것이다!'

그의 일은 바람도 없는 바다 위에 고장난 채 떠 있는 돛단배 같았다.

로비노의 목소리가 들려왔다.

"소장님⋯⋯ 두 사람은 결혼한 지 육 주밖에 되지 않았습니다⋯⋯."

"가서 일하게."

리비에르는 여전히 직원들과 그 너머 잡역부, 정비사, 비행사들을 바라보았다. 그들은 모두 건설자의 믿음을 가지고 그의 과업을 도운 이들이다. 그는 '섬'에 관한 이야기를 듣고 배를 만들었던 작은 옛 도시들을 생각했다. 그들의 희망을 싣기 위해서. 그들의 희망이 바다에서 돛을 펼치는 걸 사람들이 볼 수 있게 하려고. 배 한 척으로 인하여 모두가 성장하고, 모두가 자기 자신에서 벗어나며, 모두가 해방되고자.

'아마도 목적은 아무것도 정당화하지 못할 것이다. 오직 행동만이 우리를 죽음에서 해방한다. 이 사람들은 자기들의 배에 의지해 삶을 이어가고 있었다.'

리비에르가 전보에 그 온전한 의미를 돌려주고, 철야 근무하는 직원들에게 그들의 불안을 돌려주며, 비행사들에게 그들의 극적인 목적을 돌려줄 때, 그 또한 죽음에 맞서 싸우는 것이다. 바다에서 바람이 돛을 다시 살아 움직이게 하듯, 삶이 이 과업을 다시 살아 움직이게 하는 바로 그때.

XX

코모도로 리바다비아에서는 아무 소식도 듣지 못했고, 그곳에서 천 킬로미터 떨어진 바이아블랑카에서는 이십 분 뒤에 두 번째 메시지를 포착했다.

"하강. 구름 속으로 들어간다……."

그러다 트렐레우의 무선국에서 모호한 전문 가운데 두 마디가 수신되었다.

"…… 아무것도 보이지……"

단파 무선 통신은 이런 식이다. 저기에서는 들

리는데 여기에서는 안 들린다. 그러다 이유도 없이 모든 것이 바뀐다. 위치를 알 수 없는 이 승무원들은 벌써 시간과 공간을 이탈하여, 살아있는 이들에게 존재를 드러낸다. 그리고 무선국의 백지 위에는 이미 유령들이 글씨를 쓰고 있다.

연료가 떨어진 것일까, 아니면 비행사가 충돌하지 않고 땅에 내리려고 엔진이 멈추기 전에 마지막 패를 던졌던 것일까?

부에노스아이레스에서 들려오는 목소리가 트렐레우에 명령을 내린다.

"어떻게 된 것인지 물어보게."

무선전신 청취실은 니켈, 구리, 압력계, 전선망이 널려있어 실험실처럼 보였다. 흰색 작업복을 입고 조용히 일하는 야간 당직 무선사들은 몸을 숙이고 간단한 실험을 하고 있는 듯 보였다.

무선사들은 섬세한 손가락으로 기계를 만지고 자성을 띤 하늘을 탐색한다. 금맥을 찾는 탐사가들 같다.

"답신이 없나?"

"없습니다."

어쩌면 그들은 생존의 징표가 될지 모를 이 음파를 포착할 것이다. 비행기와 그 위치등이 별들 사이로 다시 올라가면, 아마도 별이 부르는 노랫소리가 들릴 것이다……

몇 초가 흐른다. 정말 피처럼 흐른다. 비행이 계속되고 있을까? 일 초 일 초가 가능성도 앗아간다. 그러니 흐르는 시간이 곧 파멸로 이끄는 것 같다. 이십 세기에 걸친 시간이 사원을 건드리고 화강암 속에 자기 길을 내고, 결국 그 사원을 먼지로 흩어버리듯, 여러 세기에 걸친 마모의 시간이 일 초 일 초 안에 뭉쳐져 승무원들을 위협한다.

일 초 일 초가 무언가를 앗아간다.

파비앵의 목소리, 파비앵의 웃음, 그 미소. 침묵이 번진다. 침묵은 점점 더 무거워져 바다의 무게로 이 승무원들을 내리누른다.

그때 누군가가 지적하듯 말한다.

"한 시 사십 분. 연료의 최대 한계치입니다. 아직도 비행 중일 수는 없습니다."

그리고 고요가 찾아든다.

여행이 끝날 때처럼 입술에서 무언가 쓰고 싱거운 것이 올라온다. 사람들이 전혀 알지 못하는 무언가, 조금 역겨운 무언가가 완성된다. 이 모든 니켈과 구리선 사이에서, 폐허가 된 공장 위에 군림하던 것과 똑같은 슬픔이 느껴진다. 이 모든 설비가 무겁고 무용하고 폐기된 듯 보인다. 무거운 죽은 나뭇가지들 같다.

이제는 날이 밝기를 기다릴 뿐이다.

몇 시간 뒤면 아르헨티나 전역에 날이 밝을 것이다. 하지만 이 사람들은 그대로 그곳에 머문다. 마치 천천히 끌어올려지는 그물 앞에서 그 안에 무엇이 들어있을지 알지도 못한 채로 해변에 서있듯이.

자기 집무실로 돌아온 리비에르는 긴장이 풀리는 것을 느꼈다. 그건 오직 커다란 재앙이 있고 난 뒤 운명이 인간을 놓아줄 때만 느낄 수 있는 기분이었다. 그는 한 지방 경찰 전체가 경계 태세를 취하게 했다. 이제 그가 할 일은 더 이상 없으니 기다려야만 한다.

하지만 초상난 집에서도 질서가 있어야 한다. 리비에르는 로비노에게 신호를 보낸다.

"북쪽 기항지들에 전보를 보내게. '파타고니아 우편기 운행이 상당히 지연될 것으로 예상된다. 유럽행 우편기의 지연을 최소화하기 위해, 파타고니아 우편물은 다음번 유럽행 우편물과 함께 발송하겠다.'"

리비에르의 몸이 앞으로 구부러진다. 하지만 그는 무언가 무언가를 기억해 내려 애를 쓴다. 중요한 것이었다. 아! 그렇다. 잊기 전에 조치해야 한다.

"로비노."

"네, 소장님?"

"문서 하나를 작성하게. 비행사들에게 천구백 회 이상의 회전을 금지한다고 쓰게. 회전수를 지키지 않으면 엔진이 훼손되니까."

"알겠습니다, 소장님."

리비에르의 몸이 조금 더 앞으로 구부러진다. 무엇보다도 그에게는 지금 고독이 필요하다.

"가보게, 로비노. 가보게, 이 친구야……"

로비노는 어두운 그림자들 앞에서도 한결같은 그의 모습에 두려움을 느꼈다.

XXI

로비노는 이제 우울한 기분으로 사무실을 돌아다니고 있었다. 새벽 두 시로 예정된 우편기의 출발이 취소될 테고 날이 밝을 때까지는 출발하지 않을 테니 회사의 숨이 잠시 멎은 상태였다. 직원들은 굳은 표정으로 아직 철야 근무를 하고 있지만, 이 철야 근무는 아무 소용이 없었다. 북쪽 기항지들에서 재난 예방 전보가 규칙적으로 들어오고 있었으나, "하늘 맑음", "보름달", "바람 없음" 같은 기상정보는 불모의 왕국이라는 이미지를 떠올리게 했다. 달빛 비치는 돌투성이 사막. 로비노는 사무장이 작업하고 있던 서류를 별다른 이유 없이 무심코 뒤적이다가, 문득 사무장이 그를 마주 보고 똑바로 서서 존중하는 듯하지만 오만한 태도로 서류를 돌려주길 기다리고 있다는 걸 알아차렸다.

"언제 돌려주실 수 있으실까요? 그건 제 것입니다만……"

이라고 말하는 분위기였다. 하급자의 이런 태도가 언짢았지만, 감독관은 딱히 대꾸할 말이 없었다. 못마땅하긴 했으나 서류를 건네주었다. 사무장은 아주 기품 있게 돌아가 자리에 앉았다. 그걸 보며 로비노는 생각했다.

'저놈을 내쫓아야 했어.'

그는 겉으로는 태연하게 몇 발짝 걸음을 옮기며 오늘 벌어진 비극을 상기했다. 이 사건 때문에 한 정책이 힘을 잃게 될 테고, 그래서 로비노는 두 배로 애석했다.

그러자 집무실에 틀어박혀 있는 리비에르의 모습이 떠올랐다. 리비에르는 로비노에게

　"이 친구야……"

라고 했었다. 리비에르가 이 정도로 지지를 잃은 적은 없었다. 로비노는 그에게 커다란 연민을 느꼈다. 티 나지 않게 동정하고 위로할 수 있는 말들을 머릿속에 떠올리며 궁리해 보았다. 그는 정말 아름답다고 생각되는 감정에 고무되어 리비에르의 방문을 가만히 두드렸다. 하지만 아무런 대답이 없었다. 이런 정적 속에서 감히 더 세게 두드릴 수가 없어서 문을 밀어보았다. 리비에르는 거기에 있었다. 로비노는 처음으로 약간 친구 같은, 거의 동등한 입장에서 리비에르의 집무실에 들어갔다. 총탄이 빗발치는 가운데 부상당한 장군에게 달려가 패주하는 중에도 그 곁을 지키다 망명지에서 그의 형제가 되는 하사관이 된 것 같다는 생각도 들었다. 로비노는

　"무슨 일이 닥쳐도 함께 하겠습니다."

라고 말하고 싶은 듯했다.

　리비에르는 말없이 고개를 숙이고 자기 손을 들여다보고 있었다. 그 앞에 서자 로비노는 할 말을 잃었다. 쓰러진 사자가 되었다 해도 리비에르는 로비노를 주눅들게 했다. 로비노는 점점 더 자기 헌신에 도취된 말들을 준비했지만, 눈을 들 때마다 사분의 삼쯤 숙여진 리비에르의 머리와 희끗희끗한 머리카락과 고통으로 굳게 다문 입술이 보였다! 마침내 그가 단단히 마음먹고 말을 꺼냈다.

　"소장님……"

　리비에르가 고개를 들어 로비노를 쳐다보았다. 깊은 생각에 빠져 있다가 너무 멀리까지 가버려서 로비노가 들어와 있는 것도 눈치채지 못했던 것 같다. 그가 어떤 생각에 빠져 있었는지, 무엇을 느꼈는지, 그의 마음에 어떤 슬픔이 일었는지는 전혀 알 수 없었다. 리비에르는 무언가에 대한 산 증인이라도 되는 듯 로비노를 오랫동안 바라보았다. 로비노는 마음이 불편했다. 로비노를 바라보는 리비에르의 입술에 알 수 없는 비웃음이 어렸다. 리비에르가 바라볼수록 로비노의 얼굴은 붉어졌다. 리비에르가 보기에, 불행하게도 로비노는 감동적인 자발적 선의를 가지고 인간의 어리석음을 증언하러 온 것 같았다.

로비노는 낭패감이 들었다. 하사관도, 장군도, 쏟아지던 총탄도 더 이상 통하지 않았다. 설명할 수 없는 무언가가 벌어지고 있었다. 리비에르는 여전히 그를 바라보고만 있었다. 로비노는 자기도 모르게 자세를 바로잡고 왼쪽 주머니에서 손을 뺐다. 그래도 리비에르는 여전히 그를 바라보고만 있었다. 로비노는 아주 군색해져서 이유도 알지 못한 채 선언하듯 말했다.

"소장님의 지시를 받으러 왔습니다."

리비에르는 시계를 꺼내더니 간단히 말했다.

"두 시군. 아순시온 우편기가 두 시 십 분에 착륙하네. 두 시 십오 분에 유럽행 우편기를 출발시키게."

　로비노는 야간 비행이 중단되지 않는다는 놀라운 소식을 퍼뜨렸다. 그리고 사무장에게 가서 말을 걸었다.

　"검토해야 하니까 아까 그 서류를 가져오게."

　사무장이 그의 앞에 왔을 때는 이렇게 말했다.

　"기다리게."

　사무장은 기다렸다.

XXII

아순시온 우편기가 곧 착륙한다는 신호를 보냈다. 리비에르는 최악의 시간임에도 전보를 하나씩 살펴보며 아순시온 우편기의 순조로운 운행을 지켜보고 있었다. 이것이 그에게는 이 혼란스러운 상황에서 할 수 있는 그의 믿음에 대한 복수이며 증명이었다. 이 순조로운 비행은 전보를 통해 다른 수많은 비행 또한 순조로우리라 예고하고 있었다.

'매일 밤 태풍이 부는 것은 아니다.'

리비에르 또한 그렇게 생각했다.

'일단 길을 내면 그 길을 따라가지 않을 수 없는 법이다.'

파라과이에서 출발하여 마치 꽃과 낮은 집들, 느릿한 시냇물로 가득한 멋진 정원에 내리듯 여러 기착지를 거쳐온 비행기가 별 하나도 흐리지 못한 태풍의 가장자리에서 미끄러져 내려오고 있었다. 아홉 명의 승객은 여행용 담요로 몸을 감싼 채 보석 진열창 같은 비행기 창문에 이마를 기대고 있었다. 옅은 금빛으로 빛나는 별들의 도시 아래로 아르헨티나의 소도시들이 어둠 속에 금빛 가루를 잔뜩 흩어놓았기 때문이다. 비행기 앞쪽에 앉은 비행사는 염소지기처럼 달빛을 가득 머금은 두 눈을 크게 뜨고 자신의 두 손으로 소중한 인명을 책임지고 있었다. 부에노스아이레스의 지평선은 이미 붉은빛으로 가득 물들었고 곧이어 이 도시의 돌로 된 모든 것이 전설 속 보물처럼 빛날 것이다. 무선사는 자기가 하늘에

서 즐겁게 연주하던 소나타의 마지막 소절이라
도 되는 듯 손가락으로 마지막 전보를 쳐서 보냈
다. 리비에르는 그 노래를 이해하고, 안테나를
접었다. 그리고 살짝 기지개를 켜고, 하품을 하
고, 미소를 지었다. 비행기가 도착하고 있었다.

착륙을 마친 비행사는, 손을 주머니에 꽂은 채
로 자기 비행기에 등을 기대고 서있는 유럽행 우
편기의 비행사를 보았다.

"다음은 네 차례인가?"

"응."

"파타고니아 우편기는 도착했나?"

"더 이상 기다리지 않기로 했대. 실종된 거지.
날씨는 좋아?

"아주 좋아. 파비앵이 실종되었단 말이야?"

두 사람은 말을 아꼈다. 동지애가 깊어 말이
필요하지 않았다.

아순시온에서 싣고 온 우편 가방들이 유럽행
우편기로 옮겨졌다. 비행사는 고개를 젖혀 조종

석에 목을 기댄 채 꼼짝도 하지 않고 별을 바라보았다. 그는 자기 안에서 솟아나는 거대한 힘을 느꼈다. 강렬한 기쁨이 찾아왔다.

누군가의 목소리가 들렸다.

"적재 완료? 그럼 교신 시작."

비행사는 움직이지 않았다. 엔진에 시동이 걸렸다. 비행사는 기대어 있는 자신의 어깨로 이 비행기가 살아있음을 느낄 것이다. 비행사는 사실과 다른 소식들을 그토록 많이 듣고 난 뒤 마침내 안심이 되었다. 떠난다……, 못 떠난다……, 떠난다! 그가 살짝 입을 벌리자, 달빛 아래 그의 이빨이 어린 맹수의 이빨처럼 빛났다.

"밤이니 조심해!"

동료의 조언은 들리지 않았다. 비행사는 주머니에 두 손을 넣고 고개를 젖힌 채로 구름과 산과 강과 바다를 향해서 소리 없이 웃기 시작했다. 희미한 웃음이었지만 나무를 흔드는 미풍처럼 그의 온몸을 떨게 했다. 그 희미한 웃음은 저

구름과 산과 강과 바다보다 훨씬 더 강력했다.

"갑자기 왜 그래?"

"그 바보 같은 리비에르는 내가…… 겁먹었다
고 생각하나 봐!"

XXIII

잠시 뒤면 그는 부에노스아이레스 상공을 지날 것이다. 그리고 자신의 싸움을 다시 시작한 리비에르는 그의 소리가 들리길 바라고 있다. 별들 속으로 행진하는 군대의 발소리처럼 굉음을 내다 사라지는 비행기의 소리를 듣게 되길 바라는 것이다.

리비에르는 팔짱을 낀 채 직원들 사이를 지나간다. 창문 앞에 멈춰 서서 귀를 기울이며 생각에 잠긴다.

단 한 번이라도 출발을 중단시켰다면 야간 비행의 명분을 잃었을 것이다. 하지만 내일이면 그를 비난할 나약한 이들을 앞질러 리비에르는 이 밤에 또 다른 승무원을 출발시켰다.

승리…… 패배…… 이런 말들은 아무 의미가 없다. 삶은 이런 이미지들 저 아래에 있으며, 이미 새로운 이미지들을 마련하고 있다. 한 번의 승리로 어떤 민족은 나약해지고, 한 번의 실패로 어떤 민족은 각성한다. 리비에르가 겪은 패배는 아마도 참된 승리에 다가가기 위한 디딤돌일 것이다. 현재 진행 중인 사건만이 중요하다.

오 분 뒤면 무선국에서 기항지들에 이미 경보를 보내놓았을 것이다. 만오천 킬로미터에 걸친 항로가 다시 살아 조금씩이라도 움직이기 시작하면 모든 문제가 이미 해결되어 있을 것이다.

오르간의 선율처럼 벌써 비행기 소리가 들려오고 있다.

리비에르는 자신의 엄격한 시선 아래 움츠러

든 직원들 곁을 지나 느린 걸음으로 자기 일에 복귀한다. 자신의 무거운 승리를 짊어지고 가는 위대한 리비에르, 승리자 리비에르.

옮긴이의 글

    《야간 비행》을 처음 접했던 것은 중학교에 입
학할 무렵이었다. 숱한 동화책들에서 벗어나 누
나가 가지고 있던 세계문학전집에 손을 대기 시
작할 때였다. 그 시절에 읽은 소설들은 모두 열
세 살 소년의 머릿속에 뚜렷한 흔적을 남겼다.
《야간 비행》은 비행사 파비앵과 사무소장 리비
에르의 대비가 특히 인상적이었다. 칠흑 같은 어
둠 속 폭풍을 뚫고 별들의 세계로 날아올라 삶의
마지막을 맞이하는 젊은 파비앵과 어두운 밤을

지새우며 전등불 아래에서 우편기 운항 전체를 지휘하고 책임지는 나이 든 리비에르의 모습은 이제 막 십대로 접어드는 내게 앞으로 선택해야 할 삶의 두 갈래 길처럼 여겨지기도 했다. 이제 나이 쉰에 가까워 이 책을 번역한 소회가 각별한 것은, 어린 날에 내다보았던 삶의 길을 이제는 뒤돌아보며 반추해 보는 까닭이다.

1931년에 발표된 《야간 비행》은 생텍쥐페리의 두 번째 소설이다. 생텍쥐페리는 이 소설로 페미나상을 수상했고 본격적인 작가의 길로 들어섰다. 머리말을 쓴 앙드레 지드를 비롯해 기성 작가나 평론가는 물론 일반 독자들의 반응도 매우 좋았다. 이듬해에 영어 번역본이 바로 출간되었고, 이듬해에는 할리우드에서 각색하여 촬영한 영화가 개봉됐다. 당대 최고의 프로듀서 데이비드 O. 셀즈닉이 제작을 맡았고, 떠오르는 스타 클라크 게이블이 파비앵을, 노장 배우 존 베

리모어가 리비에르를 연기했다. 영화가 크게 흥행한 것은 아니었으나 생텍쥐페리는 미국에서도 인기 작가 반열에 올랐다. 그리고 이후 전미 도서상을 받는 《인간의 대지》(1939)와 세계대전 중 미국에서 집필되어 영역본이 동시에 출간된 《어린 왕자》(1943)에 이르기까지 작품활동을 계속하며 전 세계 독자들의 사랑을 받을 수 있었다.

《야간 비행》이 영화로 제작될 만큼 인기를 끌었던 까닭은 무엇보다도 실제 비행사이기도 한 작가가 초기 항공 산업을 소재로 다루고 있어 당시 독자들의 관심을 받기 쉬웠기 때문이다. 1920년대에 미국과 유럽에서는 린드버그 같은 걸출한 비행사들이 장거리 비행에 성공하면서 대중의 영웅으로 떠올랐다. 이들의 노력에 힘입어 여러 항로가 개척되었고 비행기의 상업적 이용이 가능해져 본격적인 항공 산업이 태동했다. 하지만 여전히 비행은 매우 고되고 위험한 '모험'

이었다. 당시 비행기는 크기가 매우 작은 프로펠러 비행기였기에 비행 고도와 속도는 물론 비행 거리가 상당히 제한적이었다. 더욱이 조종석이 외부에 개방되어 있었던 탓에 비행사는 악천후에 그대로 노출되었다. 또한 비행을 돕는 여러 부대 장비나 지원 시설도 충분하지 않아서 육안으로 항로를 확인하며 비행기와 한 몸이 되어 하늘을 날아야 했다. 그를 돕는 것이라고는 비행기에 탑재된 단순한 계기판과 동승한 무선사가 지상과 교신하여 전하는 간단한 정보가 전부였다. 그나마도 지상과의 교신은 단절되기 일쑤였다. 생텍쥐페리는 사하라사막과 안데스산맥을 넘는 장거리 항로를 개척한 비행사로서 본인이 직접 겪은 경험을 바탕으로 모험과도 같은 비행을 사실적이면서도 아름답게 묘사하고 있다. 그의 서정적인 문체로 묘사되는 비행 자체가 이 소설이 갖는 아주 큰 매력이다. 소설 초입에 비행기에서 내려다보는 해 질 녘 풍경에 대한 묘사와 감상(感

想)은 매우 서정적이다. 소설 후반부에서 악천후 속에 위기를 겪다가 비장하게 아름다운 최후를 맞는 비행사에 대한 묘사는 소설 전체의 이미지를 결정할 정도로 독자에게 깊은 인상을 남긴다.

하지만 《야간 비행》은 당대 비행사들의 모험을 영웅적으로 그려내는 데 그치지 않는다. 앙드레 지드가 쓴 머리말에서도 알 수 있듯이 이 소설에서는 비행사 파비앵보다 리비에르에게 초점이 맞춰져 있다. 리비에르는 작가가 이 소설을 헌정하고 있는 디디에 도라라는 실존 인물을 모델로 설정하여 창조한 인물이라고 한다. 리비에르는 우편기 운항을 총괄하며 정시 운항과 속도 경쟁에 매진한다. 운송 과정에서 일어나는 문제를 처리할 뿐 아니라 잡역부, 정비사, 비행사, 사무직 등등으로 이루어진 운송 회사의 조직을 관리한다. 그는 직원 개개인의 인생사나 직원들이 맺고 있는 사적인 인간관계의 정리(情理)를 모르는 바 아니지만 그것을 넘어서는 사회와 조직을 생각하고 바로 그러한 차원에서 결정을 내린다. 레이더가 개발되지 않은 당시 상황에서 더욱 위험할 수밖에 없는 야간 비행을 고집스레 밀어붙이는 것도 그 때문이다. 그러나 그가 냉혹하게 전체를 위한 개인의 희생을 강요하는 것은 아니다. 다른 직원들과 나누는 대화나 그의 내면에서 일어나는 생각들은 그가 겪는 내적 갈등이나 고민을 그대로 보여준다. 그는 개인을 넘어서는 더 큰 무언가를 끊임없이 추구하는 한편으로 그것이 정말 개인의 삶보다 더 큰 가치가 있는가를 계속해서 묻는다. 사실, 차가운 전등불 아래에서 항공망 지도를 바라보며 조직의 안정적 운영을 책임지는 리비에르의 모습은 번개가 내리치는 폭풍을 뚫고 비행을 감행하는 파비앵의 모습과 뚜렷한 대비를 이루지만, 파비앵의 비행이 단지 낭만적 개인의 모험에 머무르지 않고 영웅적 희생이라는 더 큰 의미를 갖게 되는 것은 바

로 리비에르의 고독한 고뇌와 결단이 있기에 가
능하다.

한편, 나이 쉰에 가까워 소설을 다시 찬찬히
읽다 보니 전과 달리 눈에 띈 부분이 있었는데,
파비앵의 아내가 등장하는 장면이다. 비행사인
남편이 집을 나서기 전에 나누는 대화라든가 비
행에서 돌아올 남편을 기다리며 식사를 준비해
놓은 소소한 집안 풍경은 소설 전체에서 매우 이
질적이어서 도드라질 수밖에 없는데도 쉽게 간
과되었던 것 같다. 작가가 굳이 파비앵과 리비에
르라는 구도 속에 파비앵의 아내와 그 집을 끼워
넣은 것은 한 개인의 희생으로 파괴되는 바가 무
엇인지를 구체적으로 드러내는 한편, 그것을 어
떻게 감수하고 다루어야 할지를 이야기하고 싶
었기 때문이라 생각된다. 그녀가 리비에르를 찾
아와 남편의 생사를 묻는 장면은 작품 전체에 작
지 않은 균열을 일으킨다.

《야간 비행》은 자칫 대(大)를 위한 소(小)의 희생을 강조하는 소설로 읽히기 쉽고, 이에 대한 비판은 출간 당시에도 제기된 바 있다. 어느 때보다 개인이 강조되는 오늘날의 상황에서는 독자들의 반감을 살 수도 있겠다. 하지만 오랜 시간에 걸쳐 전 세계 여러 독자에게 읽히며 고전으로 남은 작품들이 모두 그러하듯, 이 소설이 드러내는 현실과 말하려는 주제는 훨씬 더 총체적이고 다면적인 삶의 진실이다. 작가는 소소한 개인의 삶이 갖는 중요성을 놓치지 않으면서도 그것을 넘어서는 더욱 값지고 숭고한 것을 추구한다. 그것이 무엇인지에 대한 답은 여전히 불분명하지만, 그것이 존재한다는 사실을 믿고 우리의 삶을 고양해야 한다는 것만은 확실하다. 사실, 작가와 작품에 대한 이러한 이해는 이 소설이 나온 시대 상황을 고려하면 쉽게 납득할 수 있다. 1920년대는 제1차 세계대전 이후 서구 세계가 이른바 '광란의 시대'라고 할 만큼 거품처럼 부풀어 오르는 경제 성장의 이면에서 해소되지 않는 불안과 회의를 화려한 유흥 문화로 해소하던 시대였고, 그 결말은 미국에서 시작되어 전 세계로 번진 대공황이었다. 사람들은 모두 실존적 위기에 직면해 있었고 작가들은 이 위기를 돌파할 무언가를 제시하기 위해 분투해야 했다. 이를테면 《야간 비행》은 이 실존적 위기를 향해 생텍쥐페리가 내놓는 응답이다. 그리고 그 이후로 한 세기 가까이 시간이 흘러 많은 것이 변했지만 우리가 삶에서 겪는 실존적 위기의 본질은 크게 변하지 않았고 —오히려 더욱 심각해졌고— 그러하기에 생텍쥐페리의 작품은 오늘날 독자들에게도 큰 의미를 갖는다.

이미 여러 번역본이 나와있는 작품을 다시 번역하는 것이 번역자로서는 큰 부담이었다. 자세히 서술하기보다 끊어지듯 묘사하는 작가의 문장을 우리말로 자연스레 연결하는 일이 쉽지 않았고, 특히 기억하고 있던 것보다 비행에 관련된 용어들이 많이 나와서 정확하게 확인하고 이해하여 우리말 용어들로 옮기는 데 시간이 많이 걸렸다. 늘 느끼는 것이지만, 원문에 쓰인 하나의 문장, 하나의 단어도 빠짐없이 읽고 우리말로 옮겨야 한다는 것이 번역자가 견디어야 할 고역스러운 몫이 아닐까, 다시 한번 생각하게 되었다. 여름내 애써 번역한 이 책이 여러 독자에게 가닿아 좋은 울림을 남길 수 있다면 더 바랄 것이 없겠다.

옮긴이 전경훈

실존과 경계 10

야간 비행

초판 1쇄 발행 2026년 4월 20일

지은이 앙투안 드 생텍쥐페리
옮긴이 전경훈

펴낸이 이혜경
기획·관리 김혜림
편집 변묘정, 박은서
디자인 이소정
마케팅 양예린

펴낸곳 니케북스
출판등록 2014년 4월 7일 제300-2014-102호
주소 서울시 종로구 새문안로 92 광화문 오피시아 1717호
전화 (02) 735-9515
팩스 (02) 6499-9518
전자우편 nikebooks@naver.com
블로그 blog.naver.com/nikebooks
페이스북 facebook.com/nikebooks
인스타그램 (니케북스) @nike_books
           (니케주니어) @nikebooks_junior

ⓒ 니케북스 2026

ISBN 979-11-94706-19-9 02860

전경훈
서울대학교에서 프랑스 문학을 공부했고 한때 가톨릭 수사로 살았다. 영어
와 프랑스어로 된 책을 우리말로 옮기는 일로 살아간다. 옮긴 책으로는 《이
단》, 《정통》, 《영원한 인간》, 《돌봄노동: 친밀한 착취》, 《바이블》, 《프랑스
의 음식문화사》, 《가톨리시즘》, 《메미사이드》, 《미디어의 역사》, 《필리포스
와 알렉산드로스》 등 다수가 있다.